KB118878

제17회
미당문학상
수상작품집

제17회
미당문학상
수상작품집

무궁무진한 떨림,
무궁무진한 포옹

박상순

다산
책방

수상후보작

제 17 회
미 당 문 학 상

수상시인
박상순

박상순

서울대학교 미술대학 회화과(서양화)를 졸업했다. 1991년 계간 《작가세계》로 등단했다. 시집으로 『6은 나무, 7은 돌고래』 『마라나, 포르노 만화의 여주인공』 『Love Adagio』 『슬픈 감자 200그램』이 있다. 현대시동인상, 현대문학상, 현대시작품상을 수상했다.

무궁무진한 떨림,
무궁무진한 포옹

자선 대표작

무궁무진한 떨림, 무궁무진한 포옹

그럼, 수요일에 오세요. 여기서 함께해요. 목요일부턴 안
와요. 올 수 없어요. 그러니까, 수요일에 나랑 해요. 꼭, 그
러니까 수요일에 여기서……

무궁무진한 봄, 무궁무진한 밤, 무궁무진한 고양이, 무궁
무진한 개구리, 무궁무진한 고양이들이 사뿐히 밟고 오는
무궁무진한 안개, 무궁무진한 설렘, 무궁무진한 개구리들
이 몰고 오는 무궁무진한 울렁임, 무궁무진한 바닷가를
물들이는 무궁무진한 노을, 깊은 밤의 무궁무진한 여백,
무궁무진한 눈빛, 무궁무진한 내 가슴속의 달빛, 무궁무
진한 당신의 파도, 무궁무진한 내 입술, 무궁무진한 떨림,
무궁무진한 포옹.

월요일 밤에, 그녀가 그에게 말했다. 그러나 다음 날, 화요
일 저녁, 그의 멀쩡한 지붕이 무너지고, 그의 할머니가 쓰
러지고, 돌아가신 할아버지가 땅속에서 벌떡 일어나시고,
아버지는 죽은 오징어가 되시고, 어머니는 갑자기 포도밭
이 되시고, 그의 구두는 바윗돌로 변하고, 그의 발목이 부

러지고, 그의 손목이 부러지고, 어깨가 무너지고, 갈비뼈가 무너지고, 심장이 멈추고, 목뼈가 부러졌다. 그녀의 무궁무진한 목소리를 가슴에 품고, 그는 죽고 말았다.

아니라고 해야 할까. 아니라고 말해야 할까. 월요일의 그녀 또한 차라리 없었다고 써야 할까. 그 무궁무진한 절망, 그 무궁무진한 안개, 무궁무진한 떨림, 무궁무진한 포옹……

내 손에는 스물여섯 개의 기다림이 있어요

터널이 있어요. 강이 있어요. 다리가 있어요. 언덕이 있어요. 계단이 있어요. 지붕이 있어요. 길이 있어요. 벽이 있어요.

겨울이 지나가요. 눈보라가 지나가요. 봄이 지나가요. 여름이 지나가요. 노을이 지나가요. 비가 지나가요. 안개가 지나가요. 가을이 가요.

얼음이 있어요. 모래가 있어요. 호수가 있어요. 바다가 있어요. 물고기가 있어요. 배가 있어요. 파도가 일어요. 파도 소리가 들려요.

구름이 지나가요. 두시가 지났어요. 세시가 지났어요. 일곱시가 지났어요. 여덟시가 지났어요, 열두시가 넘었어요. 달빛이 지나가요.

가시가 있어요. 가위가 있어요. 부러진 가지가 있어요. 유리병이 있어요. 거울이 있어요. 햇빛이 움직여요. 가끔은 연기가 나요.

티티새가 지나가요. 밤이 지나가요. 엷고 푸른 소리가 터널을 지나가요. 누군가의 가슴을 두드리던 깊고 붉은 바람이 강을 건너요.

왕십리 올뎃

왕십리는 왕십리

하늘 아래 왕십리. 가을 왕십리.

부서지는 낙엽 언덕

내려올 때에도 왕십리는 왕십리.

가을, 왕십리의 왕십리. 둘도 없는 왕십리.

겨울, 왕십리는 보았음.

가을날의 그녀가 목도리를 두른 남자와 사랑에 빠졌음.

언덕 아래 누워 있던

목 없는 겨울 아줌마의 어떤, 누구라고 들었음.

그녀에게 들었음.

그해 겨울, 그래도 왕십리는 왕십리.

목 없는 사람들이 몰려와

눈보라 골짜기에

가을밤을 하얗게 밀어 넣을 때에도

왕십리는 왕십리. 가을 왕십리.

여름, 웨딩홀 앞에서도 왕십리.

목 없는 나무가 있고, 겨울이 있고
목 없는 사람이 있고, 누군가의 봄이 있고
그녀도 거기 있었음.
그래도 왕십리는 왕십리
가을 왕십리
왕십리를 걸었음.
지난봄, 지하철역 앞에서
그녀를 보았음. 봄날의 그녀는
왕십리를 초대했음. 결혼식에 초대했음.

미국 사람도, 일본 사람도 초대했음.
그러나 왕십리는 왕십리
가을 잎 떨어지는 왕십리에 있었음.
그날은 슬금슬금, 가을비를 안고서
비 내리는 왕십리를 종일 걸었음.

삐딱하게 주차를 한, 타조 알 같은
차에서 내리는 여자와 맞닥뜨렸음.

여자가 소리쳤음.

왕십리?

옆자리에 앉아 있던 달걀 같은 여자가 따라 내렸음.

왕십리?

두 여자는 그녀들끼리 마주보고 소리쳤음.

왕십리?

그래도 왕십리는 왕십리. 뿌리치고 걸었음.

비 내리는 왕십리를 마냥 걸었음.

가을 왕십리

봄이 와도 왕십리, 밤이 와도 왕십리

낼모레도 왕십리

가을 왕십리.

울긋불긋 단풍 들 것 같지만 그건 아닌 왕십리

그래서 쓸쓸할 것 같지만 그건 아닌 왕십리

그래서 무너질 것 같지만 그건 아닌 왕십리

물결치는 왕십리, 그래봤자 왕십리. 리얼 왕십리

왕십리의 왕십리, 아직 왕십리.

타조 알도 올뎃. 넬모레도 올뎃. 하늘 아래 올뎃.
가을 가득, 올 댓……
둘도 없는 왕십리. 끝도 없는 왕십리
가을날의 왕십리. 올 댓 왕십리.

별이 빛나는 밤

나에게 두 사람이 있었다. 두 사람은 날마다 공동묘지에 갔다. 한 사람은 무덤을 파고 다른 한 사람은 죽은 자의 이름을 돌조각에 새기며 함께 지냈다. 묘비를 새기는 사람은 내 국어책의 겉장을 커다란 종이로 하얗게 씌워주었다. 죽은 자의 이름을 묘비에 새기던 솜씨로 새로 씌운 국어책의 겉장에 내 이름을 새겨주었다. 무덤 파는 사람은 책장을 열어 책 속에 누워 있는 글씨들을 내게 읽어주었다. 이제 무덤 파는 사람은 〈무덤〉이라 부르고, 묘비명을 새기는 사람은 〈묘비〉로 쓴다.

어느 날 오후, 사람이 적게 죽은 날
무덤과 묘비는 묘지에서 술을 마셨다.

술에 취한 무덤이 벌떡 일어나
묘비를 향해 주먹을 휘둘렀다.

쓰러진 묘비가 무덤을 향해 소리쳤다.
무덤이 옆에 있던 삽을 들었다.

묘비는 망치를 들었다.

무덤과 묘비는 묘지에서 싸웠다.
삽을 든 무덤이 죽고
망치를 든 묘비는 붙들려 갔다.

나는 국어책을 넘기다가 홀로 잠이 들었다. 빈방에서 며
칠 동안 국어책만 넘겼다. 그리고 어느 날 무덤과 묘비와
공동묘지에 대해 잘 알고 있다는 낯선 사람 하나가 빈방
의 문을 열었다. 펼쳐진 내 국어책의 책장을 덮고 책가방
을 꾸리고 옷가지를 챙겼다. 묘비도 오지 않고 무덤도 오
지 않는 빈방을 떠나며 나는 내 손가락 두 개를 잘라 어둠
속에 던졌다. 별이 빛나는 밤이었다.

그녀는 서른에서 스물아홉이 되고

철고양이 또는
무쇠늑대가
주유소 지붕 위에서
늙는 밤

그녀는 서른에서 스물아홉이 되고
나는 서른하나에서 서른셋이 되고

철고양이 또는 무쇠늑대가
늙는 밤
그녀는 황혼에서 새벽이 되고
나는 황혼에서 한낮이 되고
불을 켠 자동차는 달려가고
불을 켠 자동차는 달려오고

철고양이 또는
무쇠늑대가
주유소 지붕 위에서

늙는 밤

나는 둘에서 하나가 되고
그녀는 하나에서 둘이 되고
나는 둘에서 하나가 되고

철고양이 또는
무쇠늑대가
주유소 지붕 위에서
늙는 밤

그녀는 서른에서 스물아홉이 되고
나는 서른에서 마흔이 되고

이 가을의 한순간

텅 빈 버스가 굴러왔다

새가 내렸다
고양이가 내렸다
오토바이를 탄 피자 배달원이 내렸고
십오 톤 트럭이 흙먼지를 날리며
버스에서 내렸다

텅 빈 버스가 내 손바닥 안으로 굴러왔다

나도 내렸다
울고 있던 내 돌들도 모두 내렸다

텅 빈 버스가 굴러왔다

새와 고양이가 들어 있는
서랍이 열렸다

초침이 돌고 있는 네 눈 속에

단풍잎 하나

떨어지고 있었다

사바나 초원에서 만나면

봄은;
기린이 되고 싶은 고양이
초원을 달리는 바람의 고양이가 되고 싶은 고양이
누구의 시선에도 걸리지 않는
나무 위의 고양이
구름 속의 고양이
달빛을 뛰어넘는 바람 고양이.

여름은;
멈추고 싶은, 잠들고 싶은 고양이
뜨거운 고양이가 되고 싶은 고양이.

가을은, 겨울은, 또 봄은;
두 귀에 붉은 꽃이 돋아나는 고양이
사람의 구두를 신은
반쪽 고양이.

사바나 초원에서 만나면

함께
물 마시자.

내 봄날은 고독하겠음

모란에 갔었음. 잘못 알았음.

그곳은 병원인데 봄날인 줄 알았음.

그래도 혹시나 둘러만 볼까, 생각했는데, 아뿔싸

고독의 아버지가 있었음. 나를 불렀음.

환자용 침상 아래 납작한 의자에 앉고 말았음.

괜찮지요. 괜찮지. 온 김에 네 집이나 보고 가렴.

바쁜데요. 바빠요, 봐서 뭐해요. 그래도 나 죽으면

알려줄 수 없으니, 여기저기, 여기니, 찾아가보렴.

옥상에 올라가서 밤하늘만 쳐다봤음. 별도 달도 없었음.

곧바로 내려와서 도망쳐왔음.

도망치다 길 잃었음. 두어 바퀴 더 돌았음.

가로등만 휑하니, 내 마음 썰렁했음. 마침내 나 죽으면

알려줄 수 없는 집, 여기저기 맴돌다가 빠져나왔음.

모란에 다시 갔음. 제대로 갔음. 길바닥에 서 있었음.

내 봄날이 달려왔음. 한때는 내 봄날, 스무 살이었는데, 이젠

쉰 살도 넘었음. 그래도 내 봄날의 스물두 살 시절,

남산공원 계단을 내려오던 그날에, 내 두 눈이 번쩍 뜨이고

내 가슴속의 쇠구슬들이 요란하게 덜커덕거렸음.
분홍 신, 남빛 치마 잊히지 않는, 계단을 내려오던 내 봄날.
앗, 봄날, 아, 봄날, 그날 오후 내 봄날이, 봄날, 봄날, 봄날.
여기도 봄날, 여기도 봄날. 봄날을 속삭였음. 세월은 갔음.

모란에 갔었음. 봄빛 다 지고, 초가을에 갔었음. 쉰 살 넘은
내 봄날을 다시 만났음. 밥 먹었음, 차 마셨음. 손 내밀었음.
내 손등, 봄날 손등. 찻잔 옆에 모아놓고 보니, 마음만 휑했음.
그래도 내 봄날은 아름다웠음. 다정하고 쌀쌀했음. 그 봄날이,
죽기 전에 다시 올게, 네 죽음을 지켜줄 그 누구도 없다면.
봄날이 내게 말했음. 누가 있겠음? 나 혼자 밥 먹었음.
내 봄날만을 생각했음. 푸르른 나뭇잎 하나
억지로, 쉰 살 넘은 내 봄날의 가방 속에 넣어주고……
파도 소리 들리는 바닷가 유치원의 점심시간.

요리사가 된 내 봄날이 아침부터 요리를 하고
뒤뚱대고, 자빠지는 아장아장 새싹들이 오물오물 점심을 다
먹고 나면, 바닷가 빵집 지나, 섬마을 우체국 지나 쉰 살 넘은

내 봄날이 파도 소리 들으며 집으로 돌아가는 길.

그 길에 모란이 있었음. 그 길에서, 긴 총 옆에 놓고

비탈에 누워 있었음. 총알은 없음. 오래전 남산공원

계단에서 덜커덕거리던 내 가슴속 쇠구슬들이 단거리 대공포

총탄이 되고, 무거운 포탄이 되니, 가슴이 무거워서 누워 있었음.

가을도 내 옆에, 총알 없는 빈총처럼 뻗어 있었음.

가슴이 무거워서 나자빠져 있었음. 그런 모란에 갔었음.

잘못 알았음. 그곳은 병실인데 또 잘못 알았음. 아뿔싸,

겨울이 왔음. 창밖엔 크리스마스트리 반짝이는데, 누가 있겠음?

아직도 치료중인 내 봄날, 이번엔 고독의 할아버지가 부르셔도

환자용 침상 아래 이 끈적한, 납작한 의자엔

앉지 않겠음. 내 봄날은 고독하겠음. 누가 있겠음?

목화밭 지나서 소년은 가고

목화밭이 있었다―한 사람이 있었다
목화밭이 있었다―내가 있었다
한 사람이 있었다―무릎이 깨진 백색의 소년이
거기 있었다

목화밭 지나서 소년은 가고
무릎이 깨진 백색의 소년은 가고
너는 아직도 목화밭에 있구나
너는 아직도 남아 있구나

목화밭이 있었다―두 사람이 있었다
목화밭이 있었다―내가 있었다
우리들이 있었다―머리에 솜털을 단 백색의
소년들이 있었다

흰 꽃들이 부를까, 하얀 달이 부를까
목화밭 지나서 소년은 가고
너는 아직도 목화밭에 있구나

너는 아직도 남아 있구나

목화밭이 있었다―세 사람이 있었다
목화밭이 있었다―내가 있었다
나와 함께 있었다―내 손가락을 묻고 돌아선
백색의 소년들이 있었다

거기 있었다. 사막에도 비가 올까. 사막에도 비는 오겠지
솜털처럼 돋아날까, 내 손가락도 자라서 목화가 될까
흰 꽃들이 부를까, 목화솜이 부를까
하얀 달이 부를까, 다시 부를까

목화밭이 있었다―목화밭만 있었다
목화밭이 있었다―소년들만 있었다
거기 있었다―목화밭을 지나서 소년은 가고

내가 끌고 간 것들, 내가 들고 간 것들
내가 두 손에 꼬옥 움켜쥐고 간 것들

거기 있었다. 목화밭이 부를까, 목화솜이 부를까

네 손가락을 묻고 돌아선 백색의 소년은 가고

너는 아직도 남아 있구나. 목화밭에 있구나

너 혼자

1. 너 혼자 올 수 있겠니
2. 너 혼자 올라올 수 있겠니
3. 너 혼자 여기까지 올 수 있겠니

안개가 자욱한데. 내 모습을 볼 수 있겠니. 하지만 다행이구나 오랜 가뭄 끝에 강물이 말라 건너기는 쉽겠구나. 발밑을 조심하렴. 밤새 쌓인 적막이 네 옷자락을 잡을지도 모르니 조심해서 건너렴.

나는 삼십 센티미터의 눈금을 들고, 또 나는 사십 센티미터의 눈금을 들고, 또 나는 줄자를 들고 홀로 오는 너를 기다리고 있단다.

1. 너 혼자 말해볼 수 있겠니
2. 너 혼자 만져볼 수 있겠니
3. 너 혼자 돌아갈 수 있겠니

바스락 바스락, 안개 속에 네 옷깃이 스치는 소리가 들리는구나. 네가 네 청춘을 밟고 오는 소리가 들리는구나. 하지만 기운을 내렴.

한때 네가 두들기던 실로폰 소리를 기억하렴. 나는, 나는, 나는, 삼십과 사십 센티미터의 눈금을 들고, 줄자를 들고, 홀로 오는 너를 기다리고 있단다. 딩동동 딩동동, 네 주머니 속에서 울리는 내 소리를 기억하렴. 하지만.

1. 너 혼자 내려갈 수 있겠니
2. 너 혼자 눈물 닦을 수 있겠니
3. 너 혼자 이 자욱한 안개 나무의 둘레를 재어볼 수 있겠니

김상혁

2009년 《세계의문학》으로 등단했다. 시집으로 『이 집에서 슬픔은 안 된다』『다만 이야기가 남았네』가 있다.

김상혁

멀고 먼 미래

저는 프란치스코회 주일 순례 중이었습니다.

다른 부인들과 함께 첫 번째 교회에서 두 번째 교회로 이동하는 중이었습니다.

그때 길 바깥에 서서 외치는 그를 보았습니다.

'미래를 말해주겠다! 한 가지만 질문하여라!'

무리를 인솔하는 수도사가 인상을 찌푸렸지만

민머리 누더기 건장한 남자 쪽으로 순례 행렬이 무너지고 있었습니다.

모두들 자기 남편과 아들에 대해, 건강과 재산에 대해 한 가지씩 묻기 시작하였습니다.

하지만 농부의 아들은 커서 농부가 되고, 농부의 딸은 다른 농부의 아내가 되고…… 신기한 미래는 하나도 없었습니다.

저는 물을 것이 없었습니다. 곧 신혼이 지날 것이고, 되는대로 힘껏 아이를 낳을 것이고, 지금은 꼭 아버지처럼 무서운 남편과도 너나들이할 날이 올 것입니다. 주일 순례가 어서 끝나야 집으로 돌아가서 화롯불을 살필 수 있을 텐데.

민머리 지팡이 건장한 남자로부터 행렬이 멀어지고 있었습니다.
대답을 들은 부인들은 하나같이 기쁨이 넘쳤습니다.

나는 무엇이 궁금할까? 농부의 아내는 세월이 흘러 늙은 농부의 아내가 되고
낮에는 불씨를 지키며 밤이 되면 다시 그것을 묻어두는 일이 오십 년은 계속될 것인데?
그러다가 문득 생각이 나서 저는 행렬을 거슬러 달리기 시작합니다.
안정을 되찾은 수도사와 행복한 부인들을 뒤로한 채

민머리 거구 앞에 서서 조용히 물었습니다.
'오백 년이 지나면…… 무언가 달라지나요?'

저는 거의 울 것 같은 표정으로 그가 하는 말을 오랫동
안 들었습니다.

　우리는 두 번째 교회에서 세 번째 교회로 이동하는 중
입니다.
　자기 미래를 알게 되어 조금씩은 더 행복해진 부인들
틈에서
　저 역시 형언하기 힘든 기쁨을 느끼고 있습니다.
　교회도 나가지 않고, 남편 없어도 되고,
　화롯불을 지키지 않아도 되는 삶이 멀고 먼 미래에 펼
쳐져 있다니요.

교사

저는 그가 생각한 것을 생각하려 애쓰고 있습니다……
강단에 서서 우리를 가르칠 때 그는 강조하고 싶은 부분
에서 작은 입술을 잠시 오므립니다. 그렇다면 그것은 중
요한 말이 되는 것입니다. 학생 여러분, 제 말을 다 믿지
마십시오! 저의 말 또한 하나의 의견일 뿐이니까! 이렇게
소리치며 우리들 하나하나와 정확히 눈을 맞출 때

저는 그를 따라 '뿐이니까! 뿐이니까요!' 하고 중얼거
리며, 미래에 강단 위에 서서 그를 전혀 알지 못하는 어린
학생들을 향해 흔들림 없는 눈빛을 던지는 제 모습을 떠
올리는 것입니다…… 그가 읽은 책을 똑같이 사랑하고,
그가 사랑하는 작가를 혼신을 다해 존경하려 애쓰고, 그
를 욕하는 자를 용서하지 않겠다고 다짐합니다만

저는 한낱…… 집도 없고 아내도 얻기 힘든 가난한 학
생일 뿐입니다…… '뿐이니까요!' 하고 중얼거린대도 그
것이 중요한 말이 되지는 않고 그 누구보다 그를 아끼고
있지만…… 어쩐지 그가 권하는 책과 작가 들은 하나같이

어렵고 견딜 수 없이 지루해서…… 곧 깊은 잠에 빠져들고 마는 제 어깨에 그의 다정한 손길이 닿는 것입니다.

학생 여러분, 제 말을 다 믿지 마십시오! 그러나 전 부족하지만 여러분은 아닙니다! 이렇게 소리치며 우리들 하나하나와 다시 눈을 맞출 때, 저는 그를 따라 그의 책을 사랑하고, 그의 작가를 존경하고, 그가 미워하는 편을 함께 미워하겠다고 다짐합니다…… 그의 교실은 재능과 무능이 아무런 편견 없이, 최고로 공평하게 다루어지는

장소인 것입니다. 그의 책이 가난을 이긴 사랑을 말하고, 그의 작가가 육체마저 초월하는 사랑을 이야기하고, 그리고 이제 강단으로 도로 올라간 그가 우리를 향해 흔들림 없는 눈빛을 던지며 이 공간을 감싸고 있는 사랑의 온기에 대해 언급할 것이기에…… 저는 그가 생각한 것을 생각하려 애쓰고 있습니다. 저는 그를 따라

'여러분은 아닙니다! 당신은 부족하지 않습니다!' 하고

다시 중얼거리는 것입니다. 미래의 학생들을 향하여, 그와 그의 작가를 전혀 알지 못하는 어린 그들을 향하여, 저는 가난과 육체, 시간과 공간을 뛰어넘는 사랑을 강조하며 입술을 오므릴 것입니다…… 어디에서 무엇을 가르치든지 그의 사랑과 생각이 중요하지 않을 리 없지만

　어쩐지 당장은…… 그가 권하는 책과 작가 들은 하나같이 어렵고 견딜 수 없이 지루해서…… 집도 없고 아내도 얻기 힘든 가난한 학생의 어깨 위로 그의 다정한 손길이 닿을 때. 밤새 일터를 지키는 동안에도 가끔 입술을 오므리며 저는 미래의 여러분을…… 하지만 그것은 중요한 말도 생활도 되지 않고……

별

    흔들리는 밤길을 걸으며 아무 별 하나를 쳐다본다. 그러나 그저 희미한 별, 빛나는 별 같은 생각으로는 충분하지 않은 것이다. 나와 별 사이의 거리를 살아 있는 것들로 채우고

    나의 생각이 별까지의 거리를 한 번에 뛰어넘을 수 없도록 하는 것이다. 아내를 지나 양을 지나 염소를 지나…… 별을 향하여 최대한 사지를 쭉 뻗은 채 최선을 다하는 생명들을 떠올린다.

    하지만 별은 너무나 멀다. 자꾸만 그저 희미한 별, 빛나는 별을 향하여 생각이 간다. 내가 아는 살아 있는 것이라곤 나의 아내, 어느 책에서 본 양, 어디서 읽은 염소 그리고 다시 양……

    깊은 잠에 빠질 것 같다. 나와 별까지의 거리, 깜깜한 밤길이 나를 집으로 돌려세운다. 집까지의 가로등이 생명을 줄 세우는 별이 될 수는 없는 것이다. 현관문이 잠든 가족들을 깨우며 쾅, 하고 닫힐 때

    어둠을 뚫고 강아지가 꼬리를 흔들며 마중 나올 때, 그것을 안아 들었을 때, 나의 두 발이 공중으로 조금 떠오를

때, 별을 빛나게 하는 생명에 대해 빼먹은 생각이 너무나
많았던 것이다.

밤이 얼마나 깊었냐 하면

소설을 덮었더니 아내가 없었다. 나는 중요한 인물을 놓쳤구나, 시간이 너무 흘렀구나 싶었다.

검은 머리 파뿌리가 되도록 책을 읽겠구나 싶었다. 밤이 얼마나 깊었냐 하면 아까 만진 게 너의 발인지 영혼인지 모르겠다 싶었다.

소설 속 배경은 뉴욕이었다. 어쩌면 거기가 아닐 수도 있겠다 싶었다. 배경마저 버리고 나갔나 싶었다.

어둠 속에 사람 하나 사람 둘…… 그리고 고양이나 컵을 센 것 같았다. 좋은 책은 독자에게 말을 거는 법이라는 생각에 빠져 있고 싶었다.

그 생각이 얼마나 깊었냐 하면 세상엔 정말 천사가 존재해서
종잇장 같은 손을 바다 밑으로 끝없이 내려주고 있었다. 고난, 위기, 죽음을 극복한 주인공이 살겠구나 싶었다.

아내가 이걸 모르겠다 싶었다. 대서양을 표류하는 인물을 향해 손을 뻗었다가 손목이 녹고 어깨가 무너지고 마음까지 그랬구나 싶었다.

밤이 얼마나 깊었냐 하면 어둠 속에 눈빛이 영혼같이 빛났다. 책 속엔 정말로 그런 게 존재해서
사람을 사람이 구해주고 있었다. 자유와 시간이 무한히 남았구나 싶었다.

꽃과 낭독회

꽃을 보고 있던 게 아니라, 방금 그것을 차고 지나간 사람이 내 친구 아닌 게 다행이라고 생각했다. 짐승이나 사람에겐 좀 더 친절하면 좋겠네, 생각했다. 꽃이 아름답다, 별이 아름답다고 쉽게 말하는 친구는 사람에 대해서도 비슷한 말을 한다.

식당에서 그것을 듣고 있던 게 아니라, 방금 말을 마친 입속으로 들어가는 물과 밥이 튀지 않았으면 좋겠네, 생각했다. '사람이 꽃이라고? 그 따위 생각, 학교에서 배웠어?' 친구에게 심하게 따지고 싶다고 생각했다. 그러고 보니 어제는

한 유명작가의 낭독회에 갔었다. 젊은 유명작가 주변에는 사람이 구름처럼 모인다. 낭독이 시작되기 전 매우 아름다운 독자가 꽃을 선물했다. 꽃을 보고 있던 게 아니라, 독자가 건넨 그것이 오랫동안 말라가는 작가의 서재를 생각했다.

단상 앞에서 두 여성은 힘껏 포옹했다. '꽃이 대단히 향기롭네요!' 저런 말을 전혀 어색하지 않게 꺼내다니 과연 작가로군, 생각했다. 그리고 길고 지루한 낭독이 시작되

었지만, 독자를 친구처럼 대하는 그녀의 목소리에 귀 기울이지 않을 수 없었다.

고백 투 소설의 한 구절, '젊음은 끝나지 않을 것처럼 지겹고 길었다'는 부분에서 꽃을 건넸던 여성이 끝내 울음을 터뜨리고 말았다. 거기서 눈물을 보고 있던 게 아니라, 눈물을 머리까지 밀어올린 어떤 용기와 애정에 대해서 생각했다.

꽃이 아름답다, 별이 아름답고, 그래서 모든 게 아름답다, 아무도 그렇게 쉽게 말하지 않았던 그날의 낭독회에서.

의사는 환자와 함께 떠내려간다

의사는 환자와 함께 떠내려간다
둘은 서로에 관하여 무관심했지만

의사는 상처에 붕대를 감아주었고
환자는 아프면 아프다 소리를 질렀다

사랑은 없었다 하필 크리스마스 지나
겨울철 홍수가 났고 의사와 환자는
풀리다 엉킨 붕대처럼 떠내려갈 뿐

찔레나무 꺾이고 벽이 무너져서 함께
가다가 의사는 환자 붕대를 붙잡고
환자는 아파서 아프다 소리를 지르고

그렇게 사랑 없이 같이 떠내려갔다
이름도 모르는 의사 하나 환자 하나
꺾인 찔레나무 무너진 벽돌 몇 장

홍수가 나지 않았다면 겨울 지나 봄까지
의사는 끝없는 붕대를 감았을 것 환자는
여름이 다 지나도록 소리소리 질렀을 것

그런데 의사는 환자와 함께 떠내려간다
병원 외벽 위로 찔레꽃 돋는 것도 못 보고
그렇게 사랑 없이 죽어버린 사람처럼
인사도 못한 계절처럼 다 떠내려갔다

김안

인하대학교 한국어문학과 및 동대학원 박사 과정을 수료했다. 2004년 《현대시》로 등단했다. 시집으로 『오빠생각』『미제레레』가 있다. 제5회 김구용시문학상을 수상했다.

김안

파산된 노래

　우리는 고통을 상상하기 위하여 서로의 눈[目]을 파냈던 것이 아니라, 그저 눈감기 위해서였을까, 우리는, 우리라는 말[言]은. 그러니 우리 안의 괴물을 버린들 기록된 악행이 사라질까, 우리의 괴물들은, 우리라는 말의 괴물들은 기록을 딛고 또다시 쓰이며 되살아나고, 행복과 야만의 국경을 지우며 부단히 포복하고, 썩어 부서진 늑골 안에 눌어붙어 포자처럼 번지고, 우리의 말에는 눈이 없어, 귀도 없고 마음이 없고, 우리라는 말은 서정과 실험 속에서 서로의 바벨이 되어 몰락해가고. 그럼에도 우리가 쓰는 이 말이 움직이는 유물이 되길 우리가 바라마지않듯, 견고해지겠지. 견고하게 우리 바깥의 고통은 더 이상 상상되지 않는 스스로에게만 비극일 뿐인 그것. 그것이 윤리라면, *그것이 우리의 윤리*라고 누군가가 술에 취해 말했을 때, *그 불구의 윤리가 우리의 문학*이라고 말했을 때, 우리는 그저 어제의 말을 사랑하고, 오늘의 말에 힘썼을 뿐인데, 우리의 입속에서 낯설어지는 우리의 혀. 우리의 낯선 혀가 서로의 입속에서 아무런 수치심도 없이 달궈질 때, 우리의 말이 시작되는 곳은 어디여야만 할까, 그것은 사랑의 주술도 아니고, 존재의 실증도 아니고, 몰락하는 에고도 아니고. 말을 버려도 시가 될 수 있을까. 시가 되어야 할 이유는 또 무얼까. 우리의 입을 받아들고 갈 뿐, 가서 침묵할 뿐. 침묵하며 끝끝내 목도할 눈을 찾을 뿐.

胡蝶獄

부끄러움도 없이 우는 사람들을 지나

우리가 남긴 국가의 찌꺼기를 지나

한눈에 보이는,

그러나 영영 닿지 못하는 날개 사이의 거리를 가로질러

독단적인 평화와 평화의 내러티브를 지나

말 없는 이들만 덩그러니 남은

말 많은 이들의 무덤 위를

나란히 신발을 벗어둔 병자처럼

지나

지나고 지나서

나비는 이 싸구려 낭만주의와 함께

밥 먹듯 신神을 바꾸던 나의 할머니와 함께

오시던가,

이윽고

딸과 함께 방 안에 나란히 앉아 방을 만들고 그 안에 또

다른 방을 만드는

저녁나절이면

최소한의 뼈로 버티고 있는 저 무수한 방들을 버리고

방 앞에 놓인 신발들마저 버리고

맨발로

이젠 아무런 종교도, 카타르시스도 없이

걷다가 미쳐버린 이처럼—

얼굴이 사라질 때까지 울고 있는 사람들 사이를

수천 개의 얼굴을 한 침묵 사이의 감옥을

빠져나가는

나비처럼

파산된 노래

우리는 정직하게 말해도 되겠지만,
종국엔 비겁하게 말을 고르겠지.
누군가는 시체를 숭배하며
시체뿐인 기억을 기념하고 기록하고
누군가는 기억 속에서
스스로를 지워나가며 투쟁하듯,
누군가는 증언 앞에서 포악하게 침묵하고,
또 누군가는
겸손해지듯,
이 말의 노역들은 이처럼 쓸모없이
지독하게 비열한 모럴과 무한한 타락 사이에서
불행한 우연들로 집적된 필연들 사이에서
단 하나의
감정을 걸러내기를,
단 하나의
가치를 뽑아내기를 바라마지않겠지만,
그러니 누군가는
종국엔 일상이 된 악들만이 가치가 된다고 하겠지만,

말이 우리를 비껴나가면서 어긋나면서 가닿는 가치가

민족중흥,

선진 대한민국,

조국의 미래 따위일 리는 없겠지만,

부끄러움은 자라나는데,

우리의 말은 아무런 괴로움 없는

스스로에게만 자명한 선들,

선의 역린.

그리하여 우리의 말이

종국엔 평범하고 고요한 무관심들이라면,

무관심의 전체주의라면,

이 노래는 어떻게 파산해야 할까,

어떻게 사라져야 할까,

기억이 사라지고

기억이 기록되지 않아 우리가 영영 사라질 때까지,

우리의 말이

우리로부터 끝끝내 항거할 때까지,

우리의 육체 속에 없던 말들과

아직 오지 않은 미래의 어휘들과

비참의 부력으로 떠서

우리 바깥에서 우리를 바라보고 있을

삶이 없는 생자生者들 속에서.

파산된 노래

우리를 만든 것은

불행과 슬픔이고

빛과 소음을 떠나 무능한 밤이고

무능하여 속죄가 불가능했던 밤이고

때문에 집은 달아나고 심장만 너덜너덜 자라나는 밤이고

그러기에 이 밤은

우리가 아물기도 전에

빛으로 소음으로 끝날 테지만

우리가 불행과 슬픔으로 만들어낸 피로처럼

가까워질수록 증오하게 되던 애인들처럼

우리에게 숨어들어 밤새 속삭이던

투명한 영혼들도 불가해한

이유로 다 팔려나가고

어떻게든 아물기 위해

차갑고 희뿌연 유리창에 갇힌 채 비루한 겹을 베끼는

밤이지만

어떻게든 아물려는 불가능한 밤이지만

아무는 밤이지만

그것은 결국 어떻게든 간에 존재하려는 기술

빛과 소음으로 되돌아가려는 기술

고요한 전체주의

평범의 제국주의

우리는 패배하면서도 걷는 사람들이었을까

서로가 갇혀 있는 유리창 앞에 서서

우리가 기뻐했던 것은 결국

우리의 죄

전이되는, 침묵과 무위란 악

우리의 기록엔 물음이 없어서 응답도 없고

서로가 원하던 기억도 없고

읽을 책도 할 수 있는 말도 없는 밤

모두가 결백할 뿐이구나

창문 아래

잠든 가족의 머리맡에 웅크려

비굴한 괴물이 되어가는 실증으로 아무는 밤

겁에 질린 무능한 밤을

살아낼 말들이 내게 있을까

우리가 만든 개새끼들과

우리가 지나온 야만과 행복을 담아낼

파산된 노래가

가정의 행복

조금 더 생활로
생활의 구속으로부터 벗어나 생활로 더 가까이
세상의 유행어를 쏟기 시작하는 딸의 입과
매일 꽉꽉 채워야 하는 냉장고로
냉장고의 차가운 윤리로
윤리의 뱃가죽으로
세속의 주술로부터 벗어나
세속의 비정한 규칙들로
규칙도 벗어나
내가 누리는 평화의 대가를 고통 없이 바라보도록 식탁
위에서
누렇게 말라붙어 종국엔 버려질 밥과,
밥에 붙어 각다귀처럼 기생하는
말과 입의 부당하게 정직한 세계로
생활로
생활의 결기로
매일 밤 무럭무럭 키우는 추하고 평범한 꿈으로
그러면 더 나아질까

무엇이? 어떻게?

무엇이든— 어떻게든—

그래야만 하는 가정들 사이에서 가까스로 조용히 불을

끄고

등을 맞대고서 서로의 추하고 달콤한 꿈을 고백하며—

그럼에도 행복으로

가정의 행복으로

가정의 행복

어제의 고통과
어제의 수난에도,
우리는 서로가 쌓아놓은 마음의 시체들을 바라보며
어리석게 닮겠지.
마음의 폭정들.
우린 공동체와 집단을 구분할 수 있을까,
죄의 바깥에서 쓰인 것과,
죄로 쓰인 것들을. 그 사이에
서 있는데도 불구하고 아무것도 응답할 수 없는
이 쓰기들을.
이제 우리에게 남겨진 피안이 있을까.
그러므로 감기에 걸려 온종일 안겨 있는 딸과,
그 신열과 뒤섞이는 작은 방에서,
딸의 이마 위로 쏟아지는 햇빛과
방 바깥으로 흘러넘치는 병과
함께 뒤섞이는 하루의 끝에서,
나는 이 쓰기의 방의 바깥에, 버려진 역사처럼 일렁이는
어제들을 기억해낼 수 있을까.

그런 순간들마다,

어제는 투명하게 무지해지고

고통과 수난은 삿된 에티카를 만들어내겠지, 영영

다른 기억만을 갈망하는 우리처럼,

가정처럼.

딸의 이마에 얹혀 있는 슬픈 손과,

이 무능하고 비겁한 쓰기의 손처럼—

김현

2009년 《작가세계》로 등단했다. 시집으로 『글로리홀』이 있다.

김현

지혜의 혀

자면서 눈을 맞았다
깨어보니
눈은 사라지고
손발이 천천히 젖어 있었다

부엉이는 내 눈을 가지고
어디로 날아가서
무엇을 보여주려고 한 것일까

책장을 혀로 넘길 때마다 물이 떨어졌다

여인은 달밤에
우물을 들여다보았다

지혜의 우물 속에
흰 부엉이가 알을 낳고
뒤도 돌아보지 않고 날아갔다
달은 하얗고

여인은 그 알을 길어 올려
깨뜨려먹었다
어리석은 자가 그 알을 키워 먹기 전에

여인은 달이 뜨면
홀로 총총 날아와
나뭇가지에 앉아 보았다
어리석은 자가 어리석은 자와
사랑에 빠지기도 전에
이룩할 수 없는 것을 약속하고
사랑에 빠진 후에
추락해서
칼로 그를 찌르는 것을
당나귀가 놀라 소리치고
어리석은 자가 무릎을 꿇고 앉아
기도를 올리고
어리석은 자를 깨끗이 먹어치운 후에

자신을 바라보는 어리석은 짐승을

여인은 아침이 오면

홀로 눈을 뜨고

침대에 누워 보았다

어리석은 자의 입속에 가득한

순백의 깃털을

책장을 손가락으로 넘길 때마다 촛불이 켜졌다

자는 동안

첫눈,

두 개의 나무가 있는 결혼식에 다녀왔다

신은

너희의 아래에 있고

너희의 앞과 뒤에

너희의 곁에

너희의 안과 밖에

너희의 위에 있다

촛불을 하나씩 끌 때마다
나이는 한 살씩 많아지고
부모가 되거나 조부모가 되어서
공기도 좋고 물도 좋고 인심도 좋은 곳에
무덤 자리를 봐두었다
흰 부엉이가 알을 낳는 곳이라고 했다
무덤 속에서 지혜로운 자가
무덤 밖에서 어리석은 자이니라
은 식기에 나귀의 젖과 백설기를 담아두고
하룻밤을 자고 나면
그 모든 게 사라지고 없었다

죽은 나무와 죽지 않은 나무 사이에서
유가족들이 기다리는 곳으로 갔다

시를 한 편 읽겠습니다

신은

너희의 아래에 있다

짓밟아라

검은 땅에 심은 보리 씨앗을 밟듯이

신은

너희의 앞에 있다

지팡이를 버려라

장님은 외나무다리 위에서도 추락하지 않고

신은

너희의 뒤에 있다

어둠 속에 그림자를 숨겨라

한낮에 숨바꼭질하다 감쪽같이 사라지는 아이들처럼

신은

너희의 곁에 있다

가장 더러운 곳을 닦는 막대 걸레인 양
화장실에서 끼니를 챙겨 먹을 때에도

신은
너희의 안과 밖에 있다
집 잃은 개의 집을 부숴라
영원한 안식처가 되어줄 곳이 개의 네 발뿐인 듯

신은
너희의 위에 있다
불탄 나뭇가지 위에
불에 탄 형상으로
눈동자를 빛내며
알을 품고
당겨라 방아쇠를
빗나가는 믿음으로 기도를 올려라

흰 부엉이가 물속으로 수백 번 가라앉았습니다

거기, 가만히 살아 있습니까
해골이 알에서 나오고

책장을 넘길 때마다 혀를 내밀었다
우물 속에서
돌잔치에서 보았다

드디어 생일을 맞은 지혜 앞에서
죽음을 때때로 잊고 재롱을 부리는
한국 남자들의 미래를
손녀가 건강하게 자라서
슬픔도 없이 외로움도 없이 자괴감도 없이
광장에서 하야가를 부르다가도
한 남자와 사랑에 빠져
아이를 갖고
아이를 키우고
손녀 앞에서 재롱을 부리는 현모양처가 되기를
그러나 손녀들의 미래란

암벽등반을 하는 여자가 되어

약초를 캐며 사는 여자와 사랑에 빠져

축복의 진보주의자들이 되기도 하는 법

그러나 어리석은가 남자들의 미래란

늙으면 죽어야지

술만 먹으면 남자와 손잡고

그날 밤 황홀한 시간을 잊을 수가 없어

3차에 가서,

너의 빈자리 채워주고 싶어

내 인생을 전부 주고 싶어…

우리 더 이상 방황하지 마

한눈팔지 마 여기 둥지를 틀어

부모 살아 계실 적에 부모를 감사히 생각하고

아이의 아빠는 눈을 아이의 엄마는 입술을

그 아이가 지닌 것 중 가장 아름다운 것이라고 말하였다

아이는

판사봉과 연필과 실과 청진기와 지폐를 앞에 두고
부모와 조부모와 부모의 친구들과 조부모의 친구들이
아무것도 보지 못하는 사이에
보이지 않는 것을 집어 들어
자신이 가진 가장 깊은 둥지 속으로 넣었다
여자의 미래였다
지혜롭구나 우리들의 아이란
신은
너희의 가장 나중의 것에 있다

하야하십시오.

울거나
웃거나

눈을 맞으며
지혜의 우물 앞에
촛불을 켜고

해골을 들고 서 있었다
해골의 혀를 쓰다듬으며
손을 녹였다

물이 떨어졌다
책장을 넘기는 부엉이 소리
썩은 물이 하나둘 퇴진하는 소리
사나흘 꿈 밖으로 나가지 않은 사람이 걸어 나오며 말
했다

꿈이 아니에요
부엉아,
인제 그만 내 눈을 물고 돌아오렴

형들의 사랑

그들은 서로를 사랑하지 않습니다
죽은 생선을 구워 먹고
살아남기도 하는 사이니까요

허나
형들의 사랑을 사랑이 아니라고 말하지 말아요

그들의 인생이 또한
겨울이 오면 눈사람을 만들고
눈싸움을 하는 것이며

그들의 인생이 또한
영혼의 궁둥이에 붙은 낙엽을 떼어주는 것이며

그들의 인생이 또한
자식새끼 키워봤자 아무짝에도 쓸모없다
속 깊은 것이기 때문이지요

하느님

형들의 사랑을 보세요

점심에 하기 싫으면 저녁 먹고 하자

당신에게 말하고 노래하며

살구를 씻었습니다

기다려 내 몸을 둘러싼 안개 헤치고

투명한 모습으로 네 앞에 설 때까지

살구를 깨물고

상자 속에서 튀어나온 아내라는 시를 윤문하였습니다

여름비 잠시 멈춤

어제 본 아내의 내면은 주먹과 보자기

아내는 미나릿과에 속하는 얼굴로 창가에 앉아 담배를

피웠습니다

살구씨를 한쪽에 모아놓고

그들은 과연 하였습니다

밤마다 꿈속으로 가는 아내의

관자놀이에 거머리 여러 마리를 놓아 꿈을 빨게 하였습
니다

인생은 어쨌든
끝과 시작
형들의 슬픔은 점점 커지고 배가 나오고
형들의 기쁨은 점점 넓어집니다 머리가 빠지지요

그들은 21세기
그들은 조선시대에 있습니다
숯불을 사용하고
돼지고기를 익혀 먹고
푸른 군락이라는 방식에 엎드려 있고
그런 생활사 속에서
헛수고를 물리치고
각자의 이불 속에서
역사적인 순간에 대하여 생각합니다
물러나십시오

광화문에서, 금남로에서, LA한인타운에서

옆 사람의 꿈나라

우리들의 천국

주저앉고 싶은 유혹도 많지만

존경과 사랑을 담아

등을 돌리고

들어봐

아내가 믿는 하느님의 나라는

미나리 한 상자

들어봐

시에 길라임을 넣어야겠어

그들은 서로를 사회합니다

겨울은 촛불잔치

영혼의 대자보는 떨어져나가도

없는 자식인 셈 치고

시간을 설득합니다

안개를 헤치고 먹고사는 노부모처럼

또한 그들의 투쟁이
살구 한 알에서부터 시작되고요

하느님
형들의 사랑을 보세요

허나
형들의 사랑을 사랑이 아니라고 말하지 말아요

두려움 없는 사랑

약속한 시간이 되었습니다
손을 놓고
마음을 정리한 후에 이불을 덮어주고
기다리는 것으로 인생은 정리되기도 합니다

어제였던가요?
당신이

꿈나라에서 데리고 온 작은 개를
언덕도 없고 레몬 나무도 없는 배 위에 올리고
노래를 불러주었습니다

바다가 너무 넓어 건널 수가 없어요
배를 주세요
두 사람이 탈 수 있는 배를
둘이 노 저어 갈게요 내 사랑과 내가

작은 개가 뭘 안다고 컹컹 짖고

나는 물러나서
당신 맨발에 코를 문지르다가
어제였던가요?

박근혜 대통령이
내가 이러려고 대통령을 했나 자괴감이 든다고 했어
말해주자 당신이 여느 때보다 더 크게 웃다가 그만
오줌을 쌌지요
그렇게 다시 당신이 뜨거운 사람이라는 걸 알았습니다
살아 있다는 것을요

바다에 간 적도 있잖아
뽀송뽀송한 새 바지를 입고서
광어회를 먹으며 불꽃놀이를 보는데
너무 가까워서
순식간이라는 걸 알아버렸지
산다는 건 당신이 말했지요

계절은 한철 밤은 길어지고

겨울 들판에 나가 수박을 구해 오는 사람이 있고

그걸 먹고 병이 나아서

남자와 남자는 오래오래 행복하게 살았습니다

여름도 아닌데 불꽃놀이는 무슨

말하다가도 불꽃을 올려다보고 감탄하고 마는

짧은 시절

우리는 매운탕까지 다 먹고 일어나

숙박하러 가서

서로 등을 긁어준 후에

작은 개의 작은 삶을 이야기하다가 잠이 들었잖아

그런 사정도 있다고

어제였던가요?

이제는 앉지도 서지도 못하는 당신 머리맡에

과일나무를 두었는데

당신이 슬픔의 꽈리고추를 씹은 사람처럼

세상에 없는 무시무시한 말을 했습니다

꽃말이 생각났지 뭐예요

성실한 사랑

당신이 나에게 가장 성실했던 사람입니다
나는 당신에게 가장 성실했던 사람일까요?

당신이 성실한 사랑의 냄새를 맡고 싶다고 해서
제가 당신 손을 꼭 잡아주었는데
이 짧은 걸 하려고 사람은 오래도 사는구나
과일나무에 달린 과일을 죄 따서
저 혼자 다 먹었습니다
당신의 코를 깨물었고요 당신은 냄새를 맡았을까요
매운 걸 잘 못 먹는 당신에게
매운 걸 주었다가 울어버린 기억이 났습니다
울음은 언제나 가까이 있어서
달려듭니다

작은 개는 그런 걸 보나보죠?

나는 다가가서 그런 걸 보고 있는 걸 보는 당신을 보고

손을 바로 잡고

컹컹 짖었죠

나는 작은 개랍니다

꿈나라에서 들어본 적이 있는 노래를 기다렸어요

당신 마음대로 하세요

바다로 흘러가는 배가 하나 있네요

짐을 가득 실었지만

내 사랑만큼 가득하진 않아요

내 사랑이 가라앉을지 헤쳐나갈지

나도 모르겠어요

어제였던가요?

마음의 준비를 하라는 말을 듣고

당신 배 위로 갔잖아요

우리 노를 저어 가요

넓은 바다로

두려움 없는 곳으로

생선과 살구

저는 여성이자 성소수자인데
제 인권을 반으로 가를 수 있습니까?
반으로 갈라진 것을 보면
소금을 뿌렸다

상하지 말고 살자
언니가 말했다

언니에게는 파란 접시가 있고
나에게는 씨앗이 있어서
우리 둘은 그걸 합쳐두길 좋아했다

왜냐 신비
하나가 되지 않고 둘로
존재하는 곳에서
나무가 자라고 숲이 되고
열매가 달리고
하얀 털북숭이 짐승처럼 평화로워서

구름은 바다로 흘러가고

깊고 깊은 산골짜기에서
모닥불을 피우고
고깃덩어리와 양배추가 끓는 고요한 양철통
언니와 나는 석양을 보았다
아무 말 없이 보았다
두 마리 목양견이 양의 무리 속에
말들이 히응히응 소리 내어 꼬리 흔들고
언니와 나는 담배를 썹었다
산 넘어 아파트들과 공장들과 판잣집을 보면서
살고자 했다
석양은 붉고
밤이 오면 흰 천을 뒤집어쓴 자들이 나타나느니
총을 멀리 두지 않았다

오늘 우리에게 필요한 양식을 주시고
우리가 우리에게 잘못한 이를 용서하듯이

우리의 잘못을 용서하시고
우리를 유혹에 빠지지 않게 하시고
악에서 구하소서

언니와 나는
이야기의 흰 살을
서로의 양식 위에 올리고
참 맛있게 먹었다
맛있게 먹으면 영 칼로리
서로를 문질러 닦았다
반짝반짝 윤이 나는 내 씨앗 위에
언니의 접시를 올리고
오늘 밤 우리의 사랑은
열의 아홉 손가락질 당할지라도

언니와 나는
담배를 뱉었다
양은 컵에 미지근한 우유와 술

모자를 벗고
부츠를 벗고
한 모금 폭 익은 양배추에 살점을 싸서 먹었다
목양견들에게는 두툼한 살을 뼈째 던져주고
별빛 속에서
형들의 사랑에 관해 이야기하였다
그때는 몰랐으나 그때
흰 천을 뒤집어쓴 자들이 양의 무리 속으로 들어와
호시탐탐 언니와 나를 노리고 있었다
보자보자 저것들이 과연
모닥불 앞에서

동은 트고 햇빛 속에서
언니가 먼저 일어나
사냥 갈 준비를 하고
나도 깨어 라디오를 틀고
기다려 내 몸을 둘러싼 안개 헤치고
상하겠다 아껴둔 우리 사랑을 위해

언니는 읽다 만 것을 냉장고에 넣으라고 하였다

문을 열고

하느님의 사역에 동참하는 착한 종이 되기 위해 집을
떠나려 합니다

씨앗 위에 접시 위에 흰 살 위에 모닥불을 올려 넣었다

언니와 나는 말을 타고

총을 들고

아파트와 공장과 판잣집 너머로 향하였다

양의 무리 속으로 나중은 없다

지금 당장

장안의 사랑

장안에 장난꾸러기 천사들이 모여
사랑에 관한 내기를 하였다

천사는 너무 길다

저 아래
두 사람이
사랑에 빠지는지 보자

(브루크너 교향곡 제1번 c단조 작품 101 Ⅰ. Allegro)

사랑하는 두 사람이
작은 칼을 품고
잔존하는 사랑의 나무로 갔다

자연 앞에서
한 사람이 뒤돌아서고
한 사람이 칼을 꽂았다

꿈이었다고요?
그게 마지막

한 마을에 할 말을 잃은 사람이 살았다
이야기는 됐다

생각의 꾀꼬리를 사냥한 사람들이 한밤에 모여 앉아
생각에 잠겼다

그이는
어쩌다 꿈 다음에 할 말을 잃었을까

사람들은 생각 속에서
동이 트는 것을 보았다

마침내
그이의 말을 마지막으로

들은 자가 우리 중에 있다

사람들은 그 사람을 찾아낼 생각
묻고 싶었다

우리를 이 지경으로 만든 사랑에 관해서
그러나 모두 꿈나라였다

오직 할 말을 잃은 사람만이 깨어 있었다

두 사람은
그렇게 나무에 서로의 이름을 새겨놓고
침묵의 자물쇠를 채웠다
이런 것이었다

뜨거운 불구덩이
시커먼 무쇠솥이 있고
들끓는 것

연옥의 생활이 있는

너와 나의 한 그루 꿈나무

멀리에서 보면 인간

가까이에서 보면 짐승

우리는 짧은 것을 원하고

획일적인 것과는 거리가 이십이 센티

날개와는 거리가 멀고

다리와는 친한 사이

죽는 날까지 아니 죽어서도 영원히

피 흘리는 나무

확신하는 나무

노래하는 나무

할 말을 잃은 사람들의 머리 위에서

한 마리 뱁새가 지저귀었다

눈매가 가느다란 사람이

강 언덕에서 노래를 불렀네

배를 타고 사라진 왕국으로
비가 오는 비단을 팔러 간 연인을
그리워하였네

그 순간에도
연인은 삼등 선실에서 비를 맞고 있었네
날개가 젖은 새를 품에 안고
살려보려 했으나
연인의 불꽃은 꺼진 지 오래

뱁새 한 마리가
연인의 눈매를 물고
강 언덕 사랑의 나무로 갔네
거기 잔존하는 곳으로

저걸 나누어 먹자
두 사람이 작은 칼로
털을 뽑고 뼈를 바른 후에

호로록 그걸 절반씩 먹고
맹세하였다

장안으로 비단을 실은 배가 한 척 들어오고 있었다

이겼다
장안에 장난꾸러기 천사들이 내기에 진 천사를 두고
비가 오는 비단을 구경하기 위해 날아갔다

날개를 빼앗긴 천사가
사랑의 나무 위로 올라가
장안을 둘러보았다

이제 늙은
두 사람이 너무 길다
긴 부리로 서로를 아껴준 후에
함께 무쇠솥으로 들어가
잠이 들었다

아래를 내려다보자
한 남자가 작은 칼을 들고
자신을 올려다보고 있었다

이겼다

부모님 전 상서

눈이 하염없이 오는
전형 속에서
두 노인은 손을 잡고 앞으로 나아갑니다

뒤에 남겨진 자식들이
먹어야 할 양식을 축내지 않기 위해

이것은 과거겠습니까 미래겠습니까

남겨진 딸과 그 딸의 아내가
집안의 모든 빛을 밝힌 가운데
부모들이 걸어갔을 방향을
지도에 표시해보는 겁니다

이곳에서
두 아버지는 손을 놓지 않고

이곳에서

두 아버지는 숨을 돌린 후에

이곳에서
두 아버지는 세대를 생각하며
우리에 관해 이야기하겠지

두 노인은 과연 그곳에서 말하기 시작합니다
동굴 속에서 불 밝힌 후에
한 이불 속에서

우리가 이룩한 것이 있다면 우리가 무너뜨린 것이 있지

너희의 가정 속에 너희의 목적이 있으며
너희의 목적 속에 너희의 미래가 있음을

과연 그 미래에 남겨진 딸과 그 딸의 아내가 말을 하는
겁니다

옷을 단단히 입고
빛과 지도를 챙긴 후에
헤치고 나가보는 거지
저 전형을

두 노인은 누워서
동굴 위로 어른거리는 그림자로 부모를 떠올려봅니다

메밀꽃 필 무렵
야시장에 다녀오는 길에 소고기 한 근을 가슴에 안고
아버지가 들릴 듯 말 듯 한 목소리로
저만치 가는 어머니를 할멈, 할멈 하고 부르더군
아버지, 어머니가 보여요
내가 물으니
아버지가 묻더군
너는, 어머니가 보이니

네, 저는 어머니가 보여요

그럼, 나도 보이는 거겠지

처음이었고
메밀밭을 지나며 속으로 어머니, 어머니 불러보았지

한번은 한밤중에
어머니가
잠든 나와 형을 깨워서는
달이 떴으니 메밀밭으로 가자 말씀하시는 거야

말씀이 있으니 말씀을 따르되

어머니
우리는 무얼 해야 하나요 묻자
어머니가
거기에 불을 붙이면 된다
나와 형은 거기에 불을 붙이고
메밀꽃이 지천인 곳에 가만히 서 있었지

어머니가 우리의 불을

그곳에 넣고 하늘로 날려보내는데

거기에 넣은 우리의 불이

저렇게 가볍고 높을 수 있다니

나와 형이 감탄하는 가운데

어머니가 아버지의 지복을 빌자

형이 먼저 조용히 집으로 향하고

그다음은 내가

영영 어머니를 남겨두고 다리를 건너며

형이 말했지

아버지에게는 말하지 마

형, 저길 봐 우리의 것이 아직도 올라가고 있어

두 노인은 자신들의 부모 이야기를 마치고

평화롭게 서로의 몸을 부여잡고

눈물보다 먼저 다가온 것을 흘린 후에

오늘따라 팔다리가 앙상해

대재앙은

춥고 어두우니까

여기 발자국이 있어요

저기, 저 산

호랑이가 나올까요

호랑이는 밤에 움직이지 않아

귀신이 나올까요

귀신은 사람 앞에 나타나지 않아

그곳은 어딜까요

우리에게 방향이 있으니까

그곳은 암흑천지겠죠

우리에게 불빛이 있으니까

여보, 우리에게도 자식이 있었다면……

두 노인이 잠들기 전에

두 여인이 산을 오르고

산 아래 가축들이
하나둘 불에 타고
검은 연기가 흰 것들을 뚫고 오릅니다

끝도 없이 죄를 짓고
아직

잠에서 깨어나는 이는 아무도 없으나
작은 재앙의 해가 떠오르고

그 동굴에는
산 사람도
죽은 사람도
없습니다

신용목

2000년 《작가세계》로 등단했다. 시집으로 『그 바람을 다 걸어야 한다』 『바람의 백만번째 어금니』 『아무 날의 도시』 『누군가가 누군가를 부르면 내가 돌아보았다』가 있다. 시작문학상, 노작문학상, 백석문학상, 현대시작품상을 수상했다.

신용목

그림자 섬

낮 동안
낮게 끌려다니던 그림자가
밤이 되자, 나를 커다란 보자기로 싸서
들고 간다.

그림자는 어느 생에서 내가 절벽으로 밀어버린 연인이
었을 것이다. 어느 날,
몸을 잃고 흘러다니는 물일 것이다.

너무 부드러워

손을 저어도 느껴지지 않는 어둠의 살,
차가운

잠의 구멍으로 나는
꿈을 본다.

물속에 빠져도 낮은 낮이고 밤은 밤인데, 사람은 왜 시

체일까? 잠속에 빠져서

　꿈은 시체의 삶일까? 꿈속에 빠져서

　어둠 속에서도 모두가 색깔을 가지고 있는 것이 신비로
웠다. 만지지 않는데도 느낌이 남아
　있다는 것이,
　죽은 후에도 이름을 가지고 있다는 것이

　아름다웠다.

　삶은 시체의 꿈일까? 불을 켜듯
　누군가 그의 이름을 부르고……

　언제나 부르는 사람의 바닥이 가장 깊어서 그 아래 낮
에도 고여 있는
　밤처럼,

　꿈처럼

그의 대답이 들리고⋯⋯ 어디야? 물에서 빠져나오듯
잠을 깨 두리번거리면,

미처 물에서 빠져나오지 못한 목소리처럼

듣는

빗방울.

빗방울에도 얼굴이 있다는 것이 신비로웠고, 목소리에
도 해변이 있다는 것이 아름다웠다.

화요일의 생일은
화요일

아무도 시간에게 물을 주지 말았으면 좋겠다. 그의 옆구리 물통이 텅 비도록.
달리다가 목이 마르고

주저앉도록.

화요일엔 아무도 만나지 않는다. 가끔 고향에 가고
노모에게 거짓말을 하고
밤길을 달려 돌아오지만 아무것도 남지 않는 빽미러처럼, 누구도 만난 것 같지가 않다.

꿈을 꾼 날엔,
일어나
우두커니 어둠 가운데 앉아 있기도 했다.
무인도처럼?

그것은 한 번도 발견되지 않았다.

어떤 지도에도 화요일은 없었다. 건너편에서 누군가 큰 소리로 묻는다.

어디로 가야 일요일이 나옵니까?

지나온 것 같은데…… 그러나 어느 쪽이었다고 말할 수 없는

텅 빈 바다의 이미지.

편지를 쓸 수는 있다.

비가 옵니다.

하늘 어딘가에서 누가 날개 없는 새들을 낳고 있습니다.

비가 옵니다.

물고기들을 토막 내 던지고 있습니다. 가장 먼저 내 창문이 망하고, 보이지 않는 곳에서

강물이 망하고,

사람들?

그들은 보이지 않습니다.

지나가나, 지나가지 않는

이 시간이면 모든 그림자들이 뚜벅뚜벅 동쪽으로 걸어가 한꺼번에 떨어져 죽습니다. 아름다운 광경이죠. 그것을 보고 있으면, 우리 몸에서 끝없이 천사들이 달려나와 지상의 빛 아래서 살해되고 있는 것은 아닌지 묻게 됩니다. 나의 시선과 나의 목소리와 거리의 쇼윈도에도 끝없이 나타나는 그들 말입니다.

오랫동안 생각했죠. 깜빡일 때마다 눈에서 잘려나간 시선이 바람에 돌돌 말리며 풍경 너머로 사라지는 것을 보거나, 검은 소매를 끌고 돌아오는 내 그림자를 맞이하는 밤의 창가에서…… 목소리는 또 어떻구요. 투명한 나뭇잎처럼 바스라져 흩날리는 목소리에게도 내세가 있을까? 아, 메아리라면, 그들에게도 구원이 있겠지요.

갑자기 쇼윈도에 불이 들어올 때,

마네킹은 꼭 언젠가 살아 있었을 것만 같습니다. 아니, 끝없이 살해되고 있는지도 모르죠. 밤새 사랑했지만,

아침이 오고 또 하루가 저뭅니다. 이 시간이면 서서히 어두워지다가 갑자기 환해지는 거리에서 태어났던 것들이 태어나고 죽었던 것들이 죽는 것을 보곤 합니다. 그러나 내가 기다리고 있는 것은 아닙니다. 다시, 한꺼번에 깜깜해지는 거리처럼, 사랑하는 순간에 태어난 천사에게만 윤회가 허락될 리는 없으니까요.

카프카의 편지

나의 밤을 네가 가져갔던 시간이 있다고 말한다 거짓말
처럼

환한 상점 불빛에 담겨 있던 저녁을
잊고

불 꺼진 상점 유리에 비쳤던 새벽을
잊고

달에 박혀 있던 비석들 떨어져 소용돌이치는 알코올 속
으로 가라앉는다 거짓말처럼

모두 거짓말

그리고 하얀 고래가 투명한 뼈를 끌고 도착한다 마침내
되돌아오는 편지의 첫 줄처럼

인생은 쓰여지는 것이 아닐 것이다

모두를 공평하게 사랑하려고 부재하는 신에 관한 기록
처럼

구겨지는 것이다

노랑에서 빨강

나는 생각 앞에서 멈추고 잠을 통해 지나갔습니다.

비 앞에선 뛰었지요.
그러나

아무리 살펴도 건너편이 보이지 않아서, 오늘을 건너갈
수가 없습니다.
이런 방황에 대해서도 살았다고 쳐주는 겁니까?

다시 살지 않아도 되는 겁니까?

오늘은 내가 죽으면, 누군가 해야 할 일을 남기지 않기
위해 머리를 감을까 합니다.
아,
이 방은 내놔야겠지.
몇 권 책은 마두도서관에 기부하고 일기와 편지를 태우
고 인사를 해야지. 안녕히,
다음엔 뭐가 남나?

오늘이기를 멈추지 못하는 오늘에게 자연사라는 말은
참 아름다운 것 같습니다.

날개 없이 날아가는 것들에게만 가능한
일
같습니다.
마음처럼?
이를테면,
사랑과 슬픔과 분노.

그것이 중력이라면,

도대체 내가 던진 돌은 언제 땅에 떨어진단 말입니까?
저 달은 언제 땅에 떨어진단 말입니까?
누가

저 큰 돌을 던졌습니까?

돌이

　어딘지 모를 오늘을 날아가다 그만, 사랑이 무엇인지
잊어버리고
　슬픔이 무엇인지 분노가 무엇인지
　잊어버리고

　비가 되어 떨어지는 거라면,
　비를 맞고

　아플 때, 비로소 알게 됩니다. 내 속에도 신이 있구나.

　나는, 잠겨 있구나.

　죽음은 우리 몸의 홍수가 오늘을 데리고 문 너머로 사
라지는 일일 테니까.

　창 너머엔 오래전 내가 던진 돌멩이에 아직도 깨지고

있는 밤하늘이 있습니다.

눈을 감고,

어느 날 나는 보았습니다. 바다를 헤엄치는 수많은 눈사람들을. 어느 날 나는 보았습니다. 그들이 강물에 새겨 놓은 투명한 발자국들을. 구름의 평온과 거름의 해방처럼 새들의 안식과 지렁이의 자유처럼, 언젠가 오늘을 건너갈 수 있다면,

나는 생각 속에 몰래 머리를 숨겨놓을 것입니다.

더 많거나 다른

약속에게 기다림은 전쟁일 테지. 햇살처럼 걸어가다 알 수 없는 거리에서 비를 맞는⋯⋯

망각에게 만남은 전생일 거야. 부드럽게 흘러가다, 부서진 악기처럼

내동댕이쳐지는 시간들.

시간들.

시간들.

열한시에 열한시를 만나기로 했다.

택시를 탔다.

다섯시에 다섯시를 만났던 것처럼,

물었지. "아름답습니까?" 침묵의 온도와

밤의 음정,

음악이 아름다운 곳에서는 모두들 그래야 한다는 듯 우

아하게 웃고 있었다.

빗물이 유리창을 찢는 것 같아.

박수는 망친 악보 같지.

늦은 시간이었고,
나는 집 앞에 가 한잔 더 하고 싶은 마음이었다. 그것은
아름다울까?

열한시를 택시에 태울 수 없어서
우리는 헤어졌다.

서로를 내동댕이친 채 서로를 생각했다. 그것은 아름답
지만,

열한시는 대답하지 않았다.

택시를 타고 멀어지는 나와 택시 뒤로 멀어지는 열한시
와 그때 빵, 순간을 때리는 경적에 대해.

비 맞는 햇살과 부서진 노래,

아름다움에 대해.

집 앞 테루테루에는 물고기가 비처럼 토막 난 채 도마
에 올려져 있었다. 그것은 음악이었나? 소주를 마시며 그
것이 햇살이라고 생각했으니.
　자주 마주치는 사람도 있고 처음 보는 사람도 있지만,
이곳에서는 누구도 우아하게 웃지 않았다. 그때 어디선가
'좆같애'라는 말이 들렸고……

오늘도 택시를 탔다.

열한시는 약속을 어기지 않는다. 나는 날마다 열한시를
앞에 두고 술을 마신다.

"얼굴이 그대로이십니다."

이근화

1976년 서울에서 태어났다. 학생들에게 시론과 시 창작 등을 가르치고 있다. 2004
년 《현대문학》으로 등단했다. 시집으로 『칸트의 동물원』 『우리들의 진화』 『차가
운 잠』 『내가 무엇을 쓴다 해도』 등이 있다. 김준성문학상, 현대문학상 등을 수상
했다.

이근화

별이 우리의 가슴을 흐른다면

날이 흐리다
곧 눈이 흩날릴 것이고
뜨거운 철판 위의 코끼리들처럼 춤을 추겠지
커다랗고 슬픈 눈도 새하얀 눈발도 읽어내기 어렵다
저 너머에만 있다는 코끼리의 무덤처럼 등이 굽은 사람
들

시곗바늘 위에 야광별을 붙여놓은 아이는 아직 시간을
모른다
밤과 낮을 모르고
새벽의 한기와 허기를 모른다
잠깐 시간은 반짝였던가
별을 빗겨 부지런한 시간을 바늘이 달린다

반짝이는 것에 기대어 말할까
별이 우리의 가슴을 흐른다면 속삭여볼까

아직은 잿빛 세상 속에 끼워 넣을 희미한 의미의 갈피

를 지니고 있는 존재들*

날이 흐리고
눈이 흩날리는 시간은
케이크 위의 설탕과자처럼 부서지거나 녹아내릴 것이
다
언제라도 떠날 수 있고
어디에나 이를 수 있겠지만
오늘밤 붙박인 사람들은 작은 손을 모은다
물에 잠긴 수도원을 서성이는 발걸음은
무의미하다
최선을 다한 기도처럼

차가운 창밖을 부지런히
성의껏 달리는
흰 눈들

잿빛 세상을 다독이려는 듯이

눈발이 굵어진다

• 권여선, 『재』

세상의 중심에 서서

도서관을 세웠습니다
사람들이 원하지 않는 책을 날마다 주워 와서
번호를 매기고
뜯긴 책장을 붙였습니다
나란히 꽂았습니다

캄캄하고 냄새가 나서
나는 이곳이 좋아요
조금 더럽고 안락해서
날마다 다른 꿈을 꿉니다

도서관이에요
책들은 하룻밤이 지나면
숨을 쉬고
이틀 밤이 지나면
입술이 생기고
사흘째 팔다리가 태어납니다
나흘째 사랑을 나누고

먼지가 가라앉습니다
나는 뻘뻘 땀을 흘리며
혼자 길고 긴 산책을 합니다
멀리서 책을 한 권 또 주워왔습니다

이번에는 코가 없고
감기에 걸린 놈이었습니다
진심으로 사랑했어요
함께 커피를 마시고
토론을 했습니다
불을 다 끈 도서관에서

우리는 우리는 우리는
세상의 중심에 서서
구멍 난 내일을
헌신짝 같은 어제를
조용히 끌어안았습니다

도서관이었기 때문입니다

그것이 우리였기 때문입니다

* 출판사들이 원하지 않는 서정적이고, 신들린 것 같
은 미국의 저술을 모으는 일이야(리처드 브라우티건, 『임신
중절』).

산갈치

바닥에 누운 산갈치 한 마리

흙빛과 은빛이 드문드문

눈을 크게 뜨고 보아도

너는 산갈치구나

십 미터는 족히 되어 보인다

발걸음이 너무 멀구나

산갈치는 끝나지 않는다

아가미에 손을 넣어

끌어당기려 했으나

미끄러지고 미끄러지고

나는 흙과 비늘을 반씩 뒤집어쓰고

더러운 손을 씻을 데가 없네

산갈치는 조용하고

나는 시끄러운데

귓구멍의 크기가 다른가보다

너는 무슨 소리를 듣고 있는 것일까

십문 십답을 넘어

답 없는 칸을 산갈치가 누웠네

바다는 멀고

마음은 한없이 푸른데

뜨거운 물 한 바가지가 절실해서

두렵다

나는 더러운 손을 펼쳐 들고

더 이상 가지 못한다

산갈치는 아직 끝나지 않았다

바다의 책

어젯밤 읽었던 책이 사라졌다
감쪽같다는 말이 뜨겁게 떠올랐다
어디에도 없는 책을 더듬어가느라
마음이 빵 봉지처럼 부스럭거렸다
계속 허기가 졌다

보일링 오션, 은 불가능하다는 말
어젯밤의 독서는 곶감처럼 달았다
누가 빼앗아갈까 겁이 났던 것일까
내가 죽었다고 슬퍼하는 사람들을 보며
내내 함께 슬퍼하다가 깨어난 아침이었다
물결이 발밑까지 밀려와 있었다

죽은 내가 들고 간 책은 영원히 숨고
찾지 못할 것이다
꿈속에서 넘어가는 페이지를
나는 어렵게 어렵게 읽으며
희미한 나를 애써 지울 것이다

물에 젖은 책
무거운 글자들이 가리키는 것을
애써 외면한 채

디스 이즈 어 오션,
생수병을 흔들며 아이가 웃었다
불룩한 배를 아무한테나 보여주었다
대양을 마신다는 것은 불가능해서
책상 위의 어지러운 메모들이
우는 듯 웃는 듯 찌그러진 입술 같았다
낡은 페이지가 한 장 넘어가고 있었다

약 15°

　벚꽃이 만발하고 오랜만에 푸른 하늘을 배경으로 산들
거린다. 이건 너무 정교해, 아름다워. 사실이 아니야. 내가
부정의 부정을 거듭하느라 입술이 파랗게 질리는 동안 등
산복 차림의 아줌마 아저씨도 긴 머리칼을 쓸어 넘기는
젊은이들도 구부정한 노인들도 휴대폰 카메라를 꺼내든
다. 잠시 멈춰 서서 허리를 뒤로 젖힌다. 유연하다 저 허
리. 상상도 못할 일이야. 하늘과 벚꽃이 함께 담기는 순간
우리의 봄은 완성되는 것일까. 찬란한 시절이 있었다, 로
시작되는 페이지가 이제 막 넘어간다.

　입꼬리가 제자리로 돌아오고 발걸음을 총총 옮기며 사
람들이 지나간다. 이건 너무 낡고 지루해. 우습게 반복되
잖아. 내가 울지 않아도 이 세계는 넘친다. 내가 웃는다면
조금 더 시끄러워질 것이지만. 당신의 발가락을 빼는 상
상만으로도 침이 고인다. 돈도 사랑도 성공도 없지만 샘
솟는 침을 어찌하랴. 진지하고 솔직하기를 바랐지만 얼렁
뚱땅 두루뭉실 흘러간 내 인생아. 약 15도 정도 허리를 젖
히고 벚꽃을 바라볼 때 나는 어디로 가나. 어떻게 돌아오

나. 왜 멈추나. 주정차 단속 구간에서 경찰들도 빨간 봉을 든 채 벚꽃과 함께 흔들린다. 한 무리의 사람들이 또 멈춰 선다. 호루라기 소리를 배경으로 팡팡 터지는 셔터들.

　떨어진 꽃잎들이 회오리를 일으킬 때 나무에게도 발가락이 생기는 것일까. 봄여름가을겨울 나무들은 얼마나 도망가고 싶겠어. 열대우림의 나무들처럼 우리도 움직이고 있는 것이겠지. 이 판이 저 판이 되지 않도록 개판이 되지 않도록 손꼽아 기다리는 날이 있고, 웃을 준비를 하고 있는 것이겠지. 울더라도 서로의 눈물을 닦아줄 손목은 남겨둬야겠지. 그가 나의 손목을 잡고 놓지 않았고 그 이후가 생긴 것처럼. 그러나 이것은 신파다, 고전이다. 내가 긍정을 연습하는 동안 꽃물을 짓이긴 것이 핏물 같고, 어디선가 진짜 핏물이 뚝뚝 떨어져 고일 것이지만.

내가 부를 수 없는 이름

明
너는 팔이 길고 검구나
스무 살쯤 어린 너를 가만히 보고 있어도
뚜렷하게 기억나는 것이 없었다
함께 아이스크림을 먹는 동안에
너의 이름이 환했다

밍
가까운 사원에 갔다
네가 기도하는 동안 나는 천천히 걸었다
그건 아마도 네 기도가 어딘가에 가닿는 시간
너의 이름을 숨겨두고 싶었다
더러운 발로 잡풀을 밟으며 하염없이 걸었다

민
종일 비가 내렸다
억울했고 슬펐고 미웠다
그것이 나를 쓰러뜨리고 쓰러뜨리고 쓰러뜨렸다

쓰러진 나를 물끄러미 보는 너를 나는 부르지 않겠다
내게도 지워진 이름이 하나 있다

명
네가 환히 웃는구나 나도 웃어주었다
무슨 말을 해도 서로 알아듣지 못하는 너와 내가
깊은 동굴 속으로 더듬더듬 들어갔다
죽은 나를 이끌고 네가 이 세계에 나온다
네가 더 크고 강하다 그런 너를 감히……

멍
내가 부를 수 없는 이름으로 너는 살아갈 것이다
내가 늙고 병들고 외롭게 죽어가는 동안
종종 너를 떠올리겠지
나는 모른 척할 것이다
네 콧속에서 뿜어져 나온 숨 속에서
내가 태어나 조금 더 살아갈 것이나

이민하

2000년 《현대시》로 등단했다. 시집으로 『환상수족』 『음악처럼 스캔들처럼』 『모조 숲』 『세상의 모든 비밀』이 있다. 현대시작품상을 수상했다.

이민하

시간이 멈춘 듯이

달리던 기차에서 와르르 얼굴들이 쏟아지듯이

저녁 길에 터져버린 과일 봉지에서
굴러가버린 동그란 것들을 어디선가
불쑥 알아볼 수 있을까

피켓을 들고 서 있었다
손을 적신 단물이 빠질 때까지

새벽의 대합실에서
토요일의 거리에서
기다림이 꽉 찬 빈방에서

낡은 가방을 들고 벌을 받듯이
고자질을 한 입이 다물어지지 않듯이

끝난 겨울과 시작되는 겨울이 불을 끄고 마주 앉아서
일 년을 혀로 핥았는데 녹지 않는 케이크라면

그 위에 꽂혀 있는

플라스틱 꽃불들은 누구의 피켓일까

아니면 눈물일까

눈앞에 떠 있는 눈송이가 공중에 매달려 내려오지 않듯
이

네버엔딩 스토리

애니는 영국에 살아요 여덟 살 소녀 애니는 17세기 에
든버러에 살아요 왕족의 거리 로열마일 뒤편 막다른 골목
에 살아요 백 년 후 사람들의 발밑에 묻힌 지하도시에 살
아요 흑사병으로 매몰된 영혼들 속에 살아요 애니는 멀쩡
하게 버려졌어요 의사들은 묵묵히 지켜보다가 숨이 죽은
배추 잎처럼 육체만 날랐어요

*누군가 벽에서 손톱 긁히는 소리가 들렸다면 그건 애니
의 비명*

애니는 사탄의 보이지 않는 세계에 살아요 그 책에 떠
도는 유령 목격담 속에 살아요 삼백 살 소녀 애니는 21세
기에 깨어난 메리 킹스 클로즈에 살아요

*누군가 목덜미에 오싹한 한기가 스쳤다면 그건 애니의
시선*

애니는 지하 여행자들의 기념사진 속에 살아요 그들이

남기고 간 인형들 속에 살아요 애니가 애니 곁을 지나가
요 애니가 애니를 돌아봐요 애니는 낯선 기억의 주인이
되어 살아요 아무도 헐지 못하는 시간 속에 애니의 방이
있어요

연이는 한국에 살아요 열여덟 살 연이는 사월의 땅끝
서해에 살아요 북악산 푸른 기와 아래 아주 먼 곳에 살아
요 아주 낮은 곳에 살아요 지붕도 없는 물속에 살아요 천
일 동안 비를 맞고도 돌아갈 몸이 없는 영혼들 속에 살아
요 마르지 않는 물의 교복을 입고 있어요 소연이 시연이
호연이 채연이 수연이 출석을 부르면 물의 의자에서 일어
나 물의 뼈로 걸어와요

누군가 텅 빈 입속으로 새 한 마리가 스몄다면 그건 연
이가 흘린 물의 혀

연이는 입에서 입으로 네버엔딩스토리 속에 살아요 그
노래가 흐르는 남녀노소 사이에 살아요 미연이의 병실에

도 지연이의 알바천국에도 보연이의 요람 속에도 연이가
살아요

　누군가 자신도 모르게 가슴을 칠 때 그건 연이가 움켜
쥔 물의 주먹

　울음이 터지면 굴뚝처럼 눈물 줄기를 타고 연이가 들어
와요 가슴벽을 이부자리 삼아 우린 맞대고 살아요 눈을
감으면 서로의 미래가 되어 우린 반반씩 살아요 내장을
꽂아둔 화병이 있는 식탁 맨 끝자리에 연이가 살아요 아
무도 열지 못하는 명치끝에 연이의 방이 있어요

* 세월호 참사에서 희생된 단원고 학생들 중 김소연, 김시연, 김호연, 박채연, 이
　수연의 이름을 빌림.

18

1세의 소녀가 울고 있다 2세의 소녀가 울고 있다 3세의 소녀
가 울고 있다 4세의 소녀가 울고 있다 5세의 소녀가 울고 있다
6세의 소녀가 울고 있다 7세의 소녀가 울고 있다 8세의 소녀가
울고 있다 9세의 소녀가 울고 있다 10세의 소녀가 울고 있다 11
세의 소녀가 울고 있다 12세의 소녀가 울고 있다 13세의 소녀가
울고 있다 14세의 소녀가 울고 있다 15세의 소녀가 울고 있다
16세의 소녀가 울고 있다 17세의 소녀가 울고 있다 그리고……

옛날 소녀들은 열여덟 살에 엄마가 되고
아이들이 다 자랄 때까지
부엌에서 칼을 곱게 갈았는데
어디에 쓸까요?

부모의 반이 울고 있다

끊을 수 없는 마음을 칼끝으로 다독이며
꺼져가는 석양을 다시 피워 올리며
네 사람의 고독을 끓이듯

식사 기도라면 우리도 할 줄 아는데
엄마는 왜 몰래 기도를 해요? 식칼을 들 때마다
왜 자꾸 딸꾹질을 해요? 죄를 훔쳐 먹은 것처럼

4인분의 손끝에서 칼은 점점 무디어지는데
칼같이 찾아오는 아침과 저녁

밤의 찌꺼기는 어디에 버려요?
맛있는 인생은 언제 나와요?

언니는 열여덟 살에 숙녀가 되고
엄마 손에서 달아나다가 어둠 속에서 치마가 찢겼지만
짓밟힌 사랑이 다시 싹틀 때까지

머리를 서랍에 넣어두고
머리칼만 뽑아서 털모자를 짰는데
어디에 쓸까요?

뜨개질이라면 나도 배웠는데

언니는 돌아앉아 무얼 뜨는 거야? 산부인과에 다녀올 때마다

언니는 습관처럼 무얼 새기는 거야? 팔목이 도마도 아닌데 언니를 아무리 썰어도

언니는 언니를 삼키지 못하고
언니는 언니를 뱉지도 못하고

할머니는 열여덟 살에 백나비가 되어
곱게 땋은 갈래머리가 칼바람에 잘릴 때까지

종이처럼 날개를 폈다 접었다
잠들지 않는 포화 속 청동 소녀들을 나르다가
겨울밤은 길어서 낙엽을 덮고 누웠는데
어디에 쓸까요?

뒷골목의 소녀들은 시린 깔창을 차고 견디는 피의 날들
달빛도 기어들지 않는 단칸방에서
소녀들은 물방울처럼 태어나

지구의 반이 울고 있다

빗소리를 닫으며 돌아서는 등 뒤에서
갑자기 터진 구름이 아니라 내일이면 말라붙는 울음이
아니라
흘러가는 맨발이 해변에 닿을 때까지
조금씩 부푸는 먼 바다를 품듯이

1인의 소녀가 울고 있다 2인의 소녀가 울고 있다 3인의 소녀
가 울고 있다 4인의 소녀가 울고 있다 5인의 소녀가 울고 있다
6인의 소녀가 울고 있다 7인의 소녀가 울고 있다 8인의 소녀가
울고 있다 9인의 소녀가 울고 있다 10인의 소녀가 울고 있다 11
인의 소녀가 울고 있다 12인의 소녀가 울고 있다 13인의 소녀가
울고 있다 14인의 소녀가 울고 있다 15인의 소녀가 울고 있다

16인의 소녀가 울고 있다 17인의 소녀가 울고 있다 그리고……

포지션

발육이 더딘 마을에서 너무 자란 사람은 눈에 띈다
너는 외로움이 2미터까지 자랐다
누구를 마주 보든 그림자가 넘쳤다
누구든 빠져들 만한 깊이였다

누구든 돌아볼 만한 부피였다
누구에게든 들키고야 마는
세상에 하나밖에 없는 옷을 입고 있었다
행동이 느려지고 외로움은 더 뚱뚱해졌다

너는 운동을 시작했고 운이 좋으면 유니폼을 입을 수도
있다
외로움의 백넘버가 등골에 박히고
어디서나 촉망받는 프로가 되었다 현란한 개인기로
카메라 속에서 뛰거나 바다를 건너갈 수도 있고

검열관이 난입하는 마을에서도 선수답게
타인의 외로움과 몰래 뒹굴 수 있다

잘하면 밤새 끌어안고 어둠의 끝까지 튈 수도 있다

너는 외로움을 늘리려고 발돋움했다 바닥에서 바닥으로
발바닥을 반죽처럼 치대며 드리블을 하고
팔을 늘려 조금씩 수제비처럼 떼어 슛을 날린 후
텅 빈 코트에서 3인분의 외로움을 소화한다

곁눈질로 뻗어 나가는 롱 패스의 아름다움과
떠 있는 것의 곤두박질을 가볍게 안아 올리는
점프의 솟구침이란

한 그루의 백보드가 너를 새답게 하고
너는 바스켓 밑에 배치되었다
머물 수 없는 둥지를 오르내리며 빈손을 날개처럼 펴고

너는 공空 하나를 갖고서 시간의 알을 득점한다
숨이 턱 밑까지 차오르고 외로움이 쿵 쓰러질 때까지
잘하면 한평생 공중에 떠 있을 수도 있다

혀

혀 위에 각설탕을 얹으면 어디로 사라지는 걸까
호리병처럼 목구멍이 벌어져 있는데
미궁 속에 빠지듯

혀는 표면과 배후로 이루어져 있다
빨갛게 피고 지는 봉오리들과
칠흑의 숲

혀 위에 돌멩이를 얹으면 어디로 사라지는 걸까
나비처럼 귀가 펼쳐져 있는데
박힌 돌을 빼내는 심정으로

이 밤은 누가 쌓아 올린 돌탑일까
돌무더기 속에는 찢어진 나비들이 맺혀 있다

귓바퀴를 오므리는 손가락과
말을 주워 담는 손가락이
동시에 일어나지만 동일한 사건일 수 없고

달빛은 재탕이 되는데 밤마다 첫맛이다
달의 각도와 나의 체온이 맞닿고 어긋나는 틈새에서

하루치 혀가 떠 있을 때
이것은 스치는 것일까 스미는 것일까
파르르 눈이 감기고

혀 위에 혀를 얹으면
일어날 수 없었다

빨간 마스크
―인간극장

아름다운 입은 어떻게 만들어지나
한 알씩 터뜨리는 발향과 같이
알알이 이빨을 드러내며 빨갛게 벌어지는 석류피와 같이
윗입술과 아랫입술을 황금분할로 찢을 수 있다면

손끝으로 턱수염을 문지르며 무뎌진 구둣발로 시간을
옮기지만
오빠는 정말 무섭지 않아요?
겁을 먹는 아이들을 달래주고 싶어요 놀이동산에 가고
싶어요
소름 끼치는 괴담 속에서

날뛰던 밤의 악동들이 납치되고 사람들은 말하죠
그애는 누구보다 착했어요 인사도 잘했어요
그러다 문득 거울을 보며, 누구시더라?
치매에 걸려서 거미줄에 걸린 것도 아닌데 조용히 죽음
을 기다리죠
치매가 무서운 건 무서움을 모르기 때문이고

오빠도 그렇죠? 오빠는 나보다 어린데

우산도 없이 빗속에서 동심에 젖었잖아요 얼굴 위로 흐르는 걸

빗물이라고 우겼잖아요 교실에서 쫓겨난 왕따처럼 불현듯

사물함에 두고 온 것들을 떠올렸잖아요

내일이면 사물함 속의 비밀이 몇 개 더 생각날 텐데

늘어나는 독백의 주름살 속에서

듣지도 않을 거면서 사람들은 물어요

마스크 속엔 무얼 감췄니

콧물을 왈칵 쏟는다면 실망할까요? 쉰 목소리가 터져 나오면 당황할까요?

입을 틀어막고 코를 틀어막고

그리고도 말라빠진 뿌리처럼 인생은 남아서

형광등이 꺼지고 창유리가 깨지고

흔들리는 집을 뛰쳐나와 노인들은 운동장에 모여 있어
요
해가 져도 아무도 데리러 오지 않아요
그렇게 늙어갈 텐데
그렇게 잠이 들 텐데
아무도 데리러 오지 않는 이야기 속에서

무얼 더 감추겠어요
마스크가 우스워요? 빨간색이 무서워요?
차라리 꽃무늬 마스크를 쓸까요 아니면 벗을까요 실오
라기 하나 없이
이러면 예뻐요?
포마드는 싫어요 냄새나는 어른들 속으로 오빠도 숨었
잖아요
숨바꼭질이 좋아서 나도 달리기 선수가 되었는데

오늘은 아이들 뒤에 숨어 안경알을 닦지만
오빠는 정말 기억나지 않아요?

백 년째 책만 읽는 소녀가 교정에 있어요 학교에 가고
싶어요

창백한 챙모자를 벗기고 싶어요 굳어버린 다음 페이지
라도 넘겨주고 싶어요

살을 깎는 세월과 논란 속에서

소녀는 브래지어가 없어요 가슴이 없어요 뼈다귀만 남
았어요 골자만 남았어요 살을 붙이고 싶어요 대화를 하고
싶어요

어둠보다 먼저 어둠 속에 누워 어둠도 몰라보는 까막눈
이 되었지만

오빠는 정말 외롭지 않아요?

옛날엔 날 갖고 놀았잖아요 죽여줬잖아요

걱정 말아요 밤은 길어요 천천히 눈 감아요 무를 수 없
는 기억의 파본

끝 장까지 읽어줄게요 이불처럼 펴서 덮어줄게요

아름다운 이야기는 어떻게 끝나는 걸까
잘게 다진 살코기와 같이
비린 혀를 품고서 말갛게 끓어오르는 만두피와 같이
윗입술과 아랫입술을 감쪽같이 삼킬 수 있다면

이영주

이영주

1974년 서울에서 태어나 명지대학교 문예창작학과 박사 과정을 졸업했다. 2000년 《문학동네》로 등단했다. 시집으로 『108번째 사내』『언니에게』『차가운 사탕들』이 있다.

잔엽

시간이 곡선으로 휘어지기 시작한 때부터 시간은 정
지했다. 나는 무엇을 먹어야 할지 몰라 진흙에 얼굴을 묻
었다. 이 그릇은 빽빽하다. 천사들이 흘리고 간 것이라는
데, 남자였고 여자였던 시간이 담겨 있었다. 나는 무릎밖
에 없는 짐승처럼 안으로 기어갔다. 돌아올 수가 없었다.
매일 출근하고 길에서 사라지는 노동자들. 시간이란 영
원 중에서 가장 뒤에 처진 채 달려가는 부분이라는 문헌
을 읽고 토했다. 곡선으로 휘어진 후 가닿을 곳이란 정지
해버린 하루 안쪽인가. 집으로 돌아가고 싶었는데 움직
일 수가 없었다. 창문 밖에서 천사들이 날개를 깎아내고
있었다. 일하기에 거추장스러워. 자꾸만 날아오르려는 힘
때문에. 깃털들이 눈처럼 흩어졌다. 앙상한 어깨를 창틀
에 기댄 채 노래를 불렀다. 가장 영혼다운 부분은 인간이
아닌 부분이지. 세상을 닮는다는 것은 무엇인가. 탕비실
에서 냄비가 펄펄 끓고 있었다.

방화범

　우리가 깊어져서 검게 타들어갈 수 있다면 지금 불을 붙일까? 그녀는 뜨거운 이마를 내 심장에 대고 있습니다. 이것 봐, 너무 깊은 소리가 들리니까 자꾸만 무너져 내려. 나는 양초를 손에 꼭 쥐고 있고요. 언제쯤 밤의 회오리가 끝이 날까요. 불을 붙이면 자꾸만 꺼져버리는 이상 기후 속에 나는 버려져 있습니다. 이렇게 숨이 안으로 안으로 더 숨어 들어가는데 꺼지기 전에 붙일까? 흰 눈이 오기 전에. 그녀는 이미 녹아내리는 손을 뻗어 내 심장 안을 만져봅니다. 이 안에는 뭐가 이렇게 축축한 것들이 잔뜩 있을까. 그녀는 액체처럼 말을 합니다. 흘러내리는 감각. 촛농이 흘러내리는 이것은 불인가요 물인가요. 그녀가 나의 안을 헤집으며 흘리고 있는 물질은. 한밤에 빛나고 있는 이 물질은. 창 안으로 함박눈이 쏟아집니다. 무겁고 무서운 것들이 바닥으로 계속해서 떨어집니다. 우리가 눈 속에서 나갈 수 있다면 이 파티는 시작될 수 있을까요. 깊이를 벗어나 좀 더 가볍게 신발을 벗고 옷을 벗고 뭉개진 자신을 벗고 가장 작은 입자로 둥둥 떠다닌다면요. 그녀의 물질이 스며들 때마다 나는 희고 어지러운 백발이 생겨납

니다. 나는 양초를 사 모으고요. 불을 붙이려고요. 두 손을
모읍니다. 나는 회오리 속에 남아 계속해서 버려집니다.

양조장

집이 너무 오래되면 사람이 된다는데 할머니는 가끔 지하에 내려간다. 그곳에는 비에 젖은 술통이 가득하고 썰다 만 돼지고기가 굴러다닌다. 그래서인가. 풍요롭고 넉넉한 지하 세계가 있다는 전설이 때로는 현실 같지. 할머니는 흰 손가락을 뻗어 술통의 빗물을 쓸어본다. 비를 찍어 맛본다. 이 감각은 무엇일까. 피에 젖은 수건처럼 흰 손을 물들이는 이 맛은. 잘 벼려진 칼날로 남은 돼지고기를 썰다가 할머니는 낄낄거린다. 어둡고 붉다는 것이 한때는 사랑의 감각인 줄 알았지. 썩어가도 맛있었지. 항아리 모양의 치마 안에 숨어 있던 서늘한 살 조각들. 뭉개지며 바닥으로 흘러가도 좋았지. 그때마다 할머니의 지하가 넓어졌지. 계단을 내려가서 계단 밖으로 멈추지 않고 내려가면 울고 있던 돼지들은 크고 굵은 할머니의 다리가 되었지. 한번 들어오면 계속 안으로 들어갈 수밖에 없는 거야. 고통에 푹 익어가는 향기로운 술통들처럼. 할머니는 가혹한 진입의 운명을 알고 있지. 숨을 참는 울음은 잘 익어서 내내 깊어질 수밖에 없다는 걸. 그것을 아무도 원하지 않는다는 걸. 사람의 안쪽에 집이 생기고 그것을 자꾸만 잊는다는 걸. 그곳은 너무 멀어서 꿈처럼 무너진다는 걸. 사람이 사람에게 건너가는 일은 집을 다 부셔야만 갈 수 있다는 걸. 그렇게 지하에는 가다 만 영혼들이 서로의 입김을 나누며 술을 마시고 있다. 비인지 눈물인지 알 수 없는 핏기가 비릿하게 퍼져나간다. 그것이 사랑인 줄 알았는데. 영혼들이 휘청거리며 서로에게 부딪힌다. 새 술통을 따는 할머니는 지도에 없는 시골 마을에서 향기로운 지하의 전설을 파고드는 사람. 무관한 창문에 가느다랗게 들어오는 흰 빛으로 유서를 쓰는 사람. 너무 넓어서 건너갈 수 없는 이 지하에서 어떤 화석이 되겠습니까. 할머니는 대저택처럼 커지고 있다. 정원에는 수천 년을 통과한 나무들이 지하로 자라고 술통이 점점 부풀어 오른다. 내가 가보고 싶은 북쪽의 맑은 숲.

교회에서

우리가 등밖에 없는 존재라면 온 존재를 쓸어볼 수 있다
우리는 왜 등을 쓸어내리면서 영혼의 앞 같은 것을 상
상할까

등을 만지면 불씨가 모여 있는 것처럼 따뜻하다고 생각
했어

너는 의자에 앉아 있다
구부린 채 도형의 마음을 헤아리고 있다

형식으로는 이해가 가지 않는 일들 때문에
등은 점점 더 깊어진다

이렇게 하면 붉은 동그라미밖에 남질 않는데
그렇다면 마음의 형식이라는 것이

네 등에 얼굴을 묻으면서 불처럼 타오르고
무너지는 네 안으로 들어가

흩어지는 영혼 앞부분으로 번져가는데

우리는 서로를 모르고
알 수가 없어서 함께 불탄 것이겠지

누군가 내 등에 기름을 흘린다
몸을 구부리고 눈물을 흘리면 오래 묵은 기름 냄새가
난다
어른은 죽는다는 것이다
죽지 않으면 어른이 될 수 없겠지
이런 기도문을 쓰고

엎드린 채 기도를 하고 있는 등을 보면 쓸어주고 싶다
이미 불타오르고 있으니 마음을 바치지 않아도 된다고

추운 사람들이 모여 있다
서로를 모르지만 뒤를 보고 있다

여름에는

내가 아는 밑바닥이 있다. 물이 가득하지. 나는 한 번씩 떨어진다. 물에 젖어 못 쓰게 되는 노트. 집에는 빈 노트가 너무 많다. 떠날 수가 없네. 밑바닥이 들어 있다. 자꾸만 가라앉지. 어디도 내 집은 아니지만. 첨벙거리며 잔다. 베개가 둥둥 떠내려간다. 괜찮아. 어차피 바닥이라 다시 돌아와. 그가 이마를 쓰다듬어준다. 그는 손이 없고 나는 머리가 없지만 침대는 둘이 누우면 꽉 찬다. 투명해질수록 무거워지는 침대 빈 노트 빽빽하게 무엇이든 쓰자. 아무에게도 보여주지 않는다. 무너지는 창문 밑에서 나는 썼다. 늘 물에 젖었다. 알아볼 수 없어서 너무 행복하구나, 라고 헐떡거리기도 했다. 한 번씩 떨어져서 내부로 들어가본다. 여럿이 함께 잠들면 더 고요하고 적막해서 무서웠지. 그 사이로 물결 소리가 난다. 죽은 그가 아직도 책상에 엎드려 있다. 너는 모든 것을 쓰기로 했어. 나에게 보낸 편지처럼. 모든 것을 낱낱이 쓰기로 했지. 하지만 아무리 써도 채워지지 않는 물속. 아무리 쌓아도 그것은 언제나 사라진다. 한심한 놈. 죽은 그가 중얼거리며 나를 본다. 물이 뚝뚝 떨어진다. 떠날 수가 없구나. 나는 너의 신발을 썼다. 무거워서 다시 신을 수가 없는데, 나는 자꾸만 신발장에서 쓴다. 한 번씩 들어오는 내부라니. 문을 닫지 못해서 무엇이든 흘러간다. 비밀은 제대로 쓰이는 법이 없지. 쓸 수 없어서 조금씩 마모되는 것. 죽은 그가 나를 통과해 걸어간다. 부식되어가는 발로 걸어간다. 아무것도 쓰지 못해서 너는 이곳에 도달할 수가 없어. 진창에서 잠만 자는 너는. 그의 목소리가 멀어진다. 나는 그의 신발을 신고 있다. 둥둥 떠내려간다. 밑바닥에는 모든 것이 돌아올 텐데.

유리 공장

너는 늙고 어려운 마음. 나는 아무것도 모르지. 너는 유럽식 모자를 쓰고 서 있다. 어두운 굴뚝 위에서 피어오르는 구름처럼.

너는 먼 곳을 걷다가 얼음 속에 갇힌 적이 있다. 깨끗했고 추웠지. 너는 모자를 고쳐 쓰며 말한다. 그때 나이를 잃었나. 부정否定을 잃었나. 끈끈한 어둠도 갇혔지. 죽지 않는 소년이고 싶어서 말이지.

나는 유럽식 찬장에서 너를 보고 있다. 불에 구워졌다가 빠져나온 딱딱한 얼룩처럼. 무력한 곰팡이처럼.

유리 안에 갇힌 나를 보며 너는 웃는다.

뛰어난 유리 제조공이었네. 가까이 다가가지 못하도록 불투명한 유리를 끼워놓은 자. 먼 곳을 돌아와 그릇처럼 조용히 시간을 쌓아놓은 자. 유리 제조공은 말했지. 불순물은 닦아낼수록 깊어진다니 너무 깨끗하게 닦지 마시오.

더께가 쌓이면 유리는 복잡하고 아름다운 무늬를 빚는다
고 한다.

너는 모자를 벗으며 유리 안을 본다. 얼음 속에서 죽지
않는 소년을 제조하고 싶었지. 너는 사라지는 표정을 들
여다본다.

나는 아무것도 모르지. 수건으로 유리 찬장을 닦는 어
렵고 긴 마음. 매번 실패하는 것은 나이를 가둬서인가 부
정을 버려서인가. 무늬로 뒤덮인 불멸의 강화 유리가 되
고 싶었지.

너는 굴뚝을 향해 걸어간다. 얼음에 갇혀 무엇을 잃었
나. 흰 구름, 흰 얼룩, 흰 머리, 흰 이빨…… 너는 희미한
목소리로 중얼거리다 말고 굴뚝 사이로 빠져나간다.

나는 늙은이처럼 천천히 아주 천천히 흰 포자를 퍼뜨린
다. 이제 소년은 살아나고 집으로 돌아올 것이고 그렇게

흰 소년은 살아 있기만 할 것인데 이것은 유리의 마음이
될 것인데

이제니

_____

이제니

2008년 〈경향신문〉 신춘문예로 등단했다. 시집으로 『아마도 아프리카』『왜냐하면
우리는 우리를 모르고』가 있다.

가장 나중의 목소리

　부른다. 목소리. 점자를 읽어 내려가는 소녀의 손가락. 소녀는 늙어가고 점자는 흐려진다. 손가락. 닳아가는 손가락. 손가락은 듣는다. 얼룩과 눈물. 숨결과 속삭임. 선과 선을 그리는. 원과 원을 따라가는. 간격과 간격 사이에서. 흔적과 흔적 너머에서. 연기. 피어오르는. 희미한 몸짓. 들려온다. 목소리. 닳아가는 것. 너는 양의 가죽으로 만든 구두를 신고 이국의 거리를 걷고 있는 너를 본다. 공기. 푸르고 투명한. 아니다. 잿빛. 어둡고 투박한. 목소리. 흐른다. 시간이 세월이 되기 위해 흘렸던 눈물이 있었고. 음률. 느리고 낮은. 읊조리는. 목소리. 흐르면서 사라지는. 가슴을 치는. 목소리. 부른다. 이름을. 부른다. 목소리. 점자를 읽어 내려가는. 손가락. 모퉁이를 돌면 나타나는 그림자. 이국의 거리에는 이국의 얼룩이 맺혀 있고. 너는 영원을 보는 얼굴로 거리를 걷고 있는 너를 본다. 양의 가죽으로 만든. 구두는 닳아간다. 밤과 낮이 이어진다. 소녀와 노파가 스쳐 지나간다. 말과 말이 겹쳐 흐른다. 목소리. 들려온다. 푸른색이다. 다시 밝아지기 직전이다. 세계는 침묵 속에 잠겨 있다. 너는 성모마리아 상을 올려다본다. 얼굴은 희고 맑았다. 아니다. 얼굴은 보이지 않는다. 소리 없는 소리로 얼굴은 바닥을 내려다본다. 다다른 곳은 모퉁이의 어두움. 양의 목소리가 들려오는 곳은 막다른 언덕이다. 부른다. 목소리. 점자를 읽어 내려가는 노파의 손가락. 읊조림. 느리고 낮은. 노파는 소녀의 목소리를 덧입고. 양의 가죽으로 만든 구두를 덧신고. 이국의 거리를 걷고 있는 잔상이 있다. 미래를 두드리면서 과거를 만지는 슬픔이 있다. 모퉁이를 돌면 사라지는 그림자. 벽과 벽 사이. 눈꺼풀과 눈꺼풀 사이. 막다른 음률. 흐르는 걸음. 닳아가는 것. 너는 영원을 보고 있고 나는 영원을 보고 있는 너의 얼굴을 보고 있다. 시간과 시간이 겹으로 흐르고. 페이지를 넘기면 오래전 그어놓은 밑줄이 있다. 부른다. 목소리. 양의 가죽으로 만든. 이국의 구두 위에 내려앉은 이국의 구름. 탁자 위에는 먼지를 뒤집어쓴 오래된 응답이 놓여 있다. 아니다. 흐려지는 움직임. 목소리. 안으로부터 흘러나오는. 눈물은 막다른 곳으로 흐른다. 점자를 읽어 내려가는 손가락. 오래전 걸었던 이름 모를 광장이 나타나고. 푸른색. 다시 밝아지기 직전이다. 너는 새벽의 푸른빛에 얼굴을 씻고 있는 너를 본다. 죽음 이후의 눈꺼풀 속에는 흰빛이 있다. 투명하고 빈 공간이 있는 서늘함. 떠나왔던 장소 위로 떠나왔던 얼굴이 겹쳐 흐르고. 사람이 아닌 얼굴이었다. 세상이 아닌 그늘이었다. 환하고 어두웠다. 잊었던 빛이 되돌아오고. 네 속으로부터 솟아나는. 목소리. 몸으로부터 떠나온. 소녀와 노파는 양의 가죽으로 만든 구두를 신고. 영원을 보는 얼굴로 거리를 걷는다. 부른다. 목소리. 되돌아오는 목소리. 잊히지 않는 음운으로 도착하는. 목소리. 감은 눈 속에서 번지며 들려오는. 목소리. 가장 나중의 목소리.

하얗게 탄 숲

목소리가 들려오자 또 다른 하나가 들어왔다. 하얗게 탄 숲입니다. 하나 하나 세고 있으면 붉게 탄 숲이 하얗게 탄 숲이 됩니다. 하얗게 탄 숲에서 하나 하나 누워 있었다. 베어 버린 나무 곁에서 사과를 베어 물고 있는 하나가 있었다. 사과를 베어 물 때마다 하나 하나 공기를 찢는 소리가 들려왔다.

공기를 찢는 소리.

그런 것은 없습니다.

종이를 찢듯 마음이 찢긴다는 말을 찢어버렸다. 가슴 깊이 라고 말할 때 가슴의 깊이는 어디에 이를 수 있습니까. 하나 옆에 하나가 누워 있었다. 하나 옆에 또 하나가 누워 있었다. 마음을 헤아려보려다 미움만 사고 말았습니다. 잠수부가 되어 돌고래가 되어 마음의 바다를 헤엄쳐보면 하나의 마음을 알 수 있을까요.

마음의 바다.

그런 곳은 없습니다.

말을 하기엔 너무 환한 숲이었다. 한 마디 위에 한 마디를 얹기엔 하나 하나의 말이 너무 하얀색이었다. 하나와 하나 사이로 비탄과 감탄과 괴로움과 서러움이 흐르고 있었다. 먼지를 털듯 마음을 털고서 하나가 일어났다. 하나의 마음을 지우자 마음의 바다도 사라졌다. 마음의 바다가 사라지자 마음의 깊이도 사라졌다. 하얗게 탄 숲을 하나 하나 떠나가고 있었다. 하나 하나 떠나가면서 붉게 붉게 타오르고 있었다.

꿈과 꼬리

  사라지는 꼬리 속에 있었다. 바닥으로 긴 동물이 지나
가고 있었다. 바닥 없는 바닥이었다. 흔적 없는 흔적이었
다. 고개를 돌리면 꼬리 속에서 고개를 돌리는 꿈속이었
다. 꿈은 번지고 가장자리는 허공을 향해 나아가고 있었
다. 마음을 따라 사방으로 나아갑시다. 마음의 목소리를
따라 오늘을 놓아둡시다. 목소리는 몸이 없었다. 목소리
는 다급하지 않았다. 목소리는 고요하지 않았다. 목소리
는 다만 죽어가고 있었다. 다만 꼬리가 사라지듯 죽어가
고 있었다. 그것을 잡지 마. 그것은 얼었고 그것은 돌이킬
수 없는 것이다. 바닥으로 긴 동물이 지나가고 있었다. 긴
동물은 이를 수 없는 곳에 이르려고 하고 있었다. 얼굴 없
는 얼굴이 모여 강가에 모닥불을 피우고 있었다. 거슬러
갈 수 없다는 걸 알면서도 거슬러 가려는 마음이 있었다.
모닥불 곁으로 모여드는 너희들이여. 조약돌을 던지며 하
루의 운세를 점치는 작고 없는 것들이여. 우리들은 모두
한 사람의 내면의 아이들이다. 한 마디 한 마디 말이 이어
질 때마다 한 마디 한 마디 꼬리가 사라지는 꿈속이었다.
만지려는 순간 달아나는 꼬리의 꿈속이었다. 긴 동물은

여전히 바닥을 기어가고 있었다. 먹어도 먹어도 사라지지 않는 허기가 있습니다. 강은 여전히 울고 있었다. 강가를 따라 달리는 얼굴이 있었다. 바지 속 빈 다리를 펄럭이며 얼굴 없는 얼굴이 달리고 있었다. 거리를. 들판을. 어제를. 오늘을. 얼굴 없는 얼굴이 기어가고 있었다. 한 마디 한 마디 겹치며 자라나는 마음이 있었다. 한 번도 살지 않았으니 이제부터 살아도 좋지 않을까요. 사라지는 꼬리 속에 있었다. 울지 않는 얼굴들이 사라지는 꿈속이었다.

나무는 잠든다

나는 네가 더 이상 그곳에 있지 않다는 것을 안다. 나는 네가 나무 속에서 잠자고 있다는 것을 안다. 두 손 들고 하늘 향해 잠자는 나무. 나는 나무 속에 잠긴 채 감겨 있는 너의 눈을 본다. 두 발은 흙 속에 잠겨 있다. 잠겨 있는 것은 목소리가 아니다. 담겨 있는 곳은 나무가 아니다. 너는 나무 속에 묻힌 채 점점이 자라나는 나무의 눈을 바라본다. 나무의 눈을 바라보면서 점점이 나무의 눈이 된다. 나무의 눈은 바라본다. 나무의 눈은 안아준다. 나무의 바깥에서는 비가 내린다. 비는 몹시도 비처럼 내린다. 정지된 것 위로 무언가 흐를 수 있다는 듯이. 흐르는 것 위로 무언가 정지될 수 있다는 듯이. 나무의 눈은 바깥을 바라본다. 바깥을 바라본다는 것은 이미 안을 들여다본 적이 있다는 것. 이미 안을 들여다본 적이 있다는 것은 다시 한 번 더 안을 들여다볼 수 있다는 것. 비는 바깥에서 두 손을 늘어뜨린다. 늘어뜨린 손 아래로 그림자의 바닥이 생긴다. 그림자의 바닥이 안과 밖을 데려온다. 안을 들여다보면 너는 더 이상 그곳에 잠들어 있지 않다. 더 이상 그곳에 있지 않다는 것. 더 이상 그곳에 놓여 있지 않다는 것. 더 이상 그곳에서 말하지 않는다는 것. 더 이상 그곳에서 노래하지 않는다는 것. 더 이상 그곳에서 웃지 않는다는 것. 더 이상 그곳에서 울지 않는다는 것. 그곳에 있지 않다고 말하면 그것을 잊지 않을 수 있을 것인가. 그것을 잊지 않을 수 있다고 말하면 그것은 다시 다가올 것인가. 나무의 바깥은 나무의 여백으로 가득하다. 나무는 나무로 흐르면서 잠들어 있는 너를 옮긴다. 멀어진다 말하지 않으면서 멀어지는 나무들처럼. 나무는 잠든다. 너는 흐른다. 나는 안아준다. 부르지 않아도 문득 다가오는 나무들처럼. 나는 네가 더 이상 그곳에 있지 않다는 것을 안다. 나는 네가 나무 속에 잠들어 있지 않다는 것을 안다.

언젠가 가게 될 해변

해변은 자음과 모음으로 가득 차 있다. 모래알과 모래
알 속에는 시간이 가득하다. 시간과 시간 사이로 모래알
이 스며든다. 미약한 마음이 미약한 걸음으로. 미약한 걸
음이 다시 미약한 마음으로. 너는 너를 잃어가고 있다. 너
는 너를 잃어가면서 비밀을 걸고 있다. 노을은 점점 옅어
지고 있다. 슬픔은 점점 진해지고 있다. 언젠가 가게 될 해
변. 우리가 줍게 될 조약돌과 조약돌이 호주머니 속에 가
득하다. 흰 돌 하나 검은 돌 하나. 다시 흰 돌 하나 검은 돌
하나. 휩쓸리고 휩쓸려갈 조약돌의 박자로. 잊어버리고
잊어버리게 될 목소리의 여운으로. 흰 돌 하나 검은 돌 하
나. 다시 흰 돌 하나 검은 돌 하나. 미래의 빛은 미래의 빛
으로 남겨져 있다. 언젠가 언제고 가게 될 해변. 별이 쏟아
질 수도 있는 밤하늘의 저편으로. 전날의 나무들이 줄줄
이 달아나던 들판이 겹쳐 흐를 때. 비밀 없는 마음이 간신
히 비밀 하나를 얻어 천천히 죽어갈 때. 물새와 그림자 사
이에서. 파도와 수평선 너머로. 저녁노을은 하늘과 땅의
경계를 지우며 색색의 영혼을 우리 눈앞으로 데려온다.
손가락과 손가락 사이에서 액체가 흘러내린다. 우리는 우

리로부터 달아나면서 가까워지고 있다. 그때. 무언가 다른 눈으로 무언가 다른 풍경을 바라볼 때. 그때. 그 밤의 그 맑음을 무엇이라 불러야 했을까. 그때. 그 어둠의 그 환함을 우리의 몸 어디에다 새겨둬야 했을까. 모래 혹은 자갈 속에서. 물결 혹은 물풀 사이에서. 해변은 기억으로 가득 차 있다. 걸음과 걸음은 얼굴과 얼굴을 데려온다. 무한히 전진할 수 있는 가능성을 시간이라 부를 때. 그러니까 해변은 무언가 잃어버리고 있는 것이다. 어제와 오늘의 구분 없이 조금씩 조금씩 가까워지면서 멀어지고 있는 것이다. 물음과 물음으로. 물거품과 물거품으로. 언젠가 가게 될 해변. 언제고 다시 가게 될 우리들의 해변.

모자와 구두

환영을 만들어 흐르고 있는 연기가 있다. 모자와 구두
가 전날의 방으로 모여들고 있다. 머리를 쓸어내리듯 모
서리와 모서리를 쓰다듬는 빛. 너는 모자를 벗으며 기어
들어가는 목소리로 묻는다. 언제쯤 올 수 있습니까. 나는
도착할 수 있는 가능성이 되어 구두를 벗는다. 구두를 벗
으면 바닥 한편에 드리워지는 잿빛 그림자. 시간은 아직
많이 남아 있습니다. 문이 열리고 발이 보이고 말이 시작
된다. 모자는 머리를 벗어나고 구두는 문 밖으로 사라진
다. 구두는 오른쪽과 왼쪽으로 나누어진다. 모자는 여기
에서 저기로 흘러간다. 구두는 저기에서 여기로 갈래갈래
흩어진다. 당신이 오지 않는다면 내가 가겠습니다. 구두
는 먼 길을 떠난다. 모자는 가지 않은 길을 나선다. 모자와
구두 위에 구두와 모자가 얹히고. 집어든 모자 곁에 벗어
둔 구두가 놓일 때. 너는 감정이 무엇인지 배우지 못했다
고 말했다. 너를 너라고 믿는 헛된 믿음 때문에 자꾸만 자
꾸만 뒷걸음치고 있다고 말했다. 모자와 구두로 남겨지기
전에 자리에서 먼저 일어나야 합니다. 연필과 지우개. 양
말과 손수건. 양초와 유리병. 혹은 언덕과 들판으로 남겨

지기 전에 자신의 이름을 먼저 지워야만 합니다. 모자와 구두가 전날의 점선으로 사라져갈 때. 두 발을 쓰다듬듯 마음과 마음을 쓸어내리는 두 손. 구두는 지나온 길을 떠올리기 좋은 어감을 가지고 있었다. 모자는 두고 온 얼굴을 되살리기 좋은 질감을 가지고 있었다. 모자가 모자로 남겨질 때 구두는 구두로 남겨지고 구두가 구두로 남겨질 때 너는 너로 남겨진다. 남겨진 모자 곁에 다시 남겨진 구두가 놓이고. 남겨진 너의 곁에 남겨진 내가 다시 다가갈 때. 구름은 하늘 저편에서 구름처럼 흐르고 있었다. 책상 위에는 길고 얇은 한 줄기 향이 타오르고 있었다. 미래를 따라가듯 고개를 돌리면 창문 너머로 하나 하나 흔들리는 나뭇잎들. 환영을 만들어 흐르고 있는 연기가 있다.

조연호

1994년 〈한국일보〉 신춘문예로 등단했다. 시집으로 『암흑향』 『농경시』 『천문』 『저녁의 기원』 『죽음에 이르는 계절』과 산문집 『악기』 『행복한 난청』이 있다. 현대시작품상, 현대시학작품상, 《시와표현》 작품상을 수상했다.

조연호

아리스토텔레스의 나무
— 시인의 악기

명법命法의 벌레는 즐겁게 히포케이메논의 잎사귀를 파먹으며 돌아다니기 때문에 삶의 형식과 상관없이도 삶의 질료가 아름다울 거라는 이야기를 들었다. 그러므로 아리스토텔레스의 나무는 모든 것의 나무이자 나무의 모든 것이므로 어느 부분도 썩지 않는다. 음정의 나열은 개인의 취향이지만 음정은 개인의 취향이 될 수 없다는 이치로, 이들 노래의 나무는 불순의 넓이를 정신의 길이로 나눈 각 면에서 낙원을 결정했다.

그 나무에 젊은 남녀가 목을 맸다. 이것이 죽음인 이유는 각각 체념의 길이로 흘러나온 물이 아직 이 세계의 실현을 불평등하게 하지 않기 때문이다. 어떤 실현을? 신이 실현의 묘지기라는 실현을.

첫 부분을 마지막에서 반복할 즈음의 음악은 신보다 정교하다. 그렇기에 근대음악에는 신의 메시지를 전달하는 여성이 없다. 몰래 나무블록에 표시해둔 대낮은 자신은 지금껏 외부적으로 설계될 수 없는 조음調音을 해왔다고 자랑한다. 하지만 죽기 가장 좋은 새는 새 떼일 때의 새다.

평범한 공기를 흔들어보아도 그 안에서는 고통에 비해 너무 작다고 말할 수밖에 없는 사람이 쏟아진다. 고막 안엔 소리보다 가여운 사람이 들어 있었다. 그 사람이 말하길, 자기를 여기서 빼내지 못하는 것은 단 하나의 음성이 아니라 너무 많은 음성 때문에 그러하다고 한다. 그것은 그렇다고 말할 수 없게 취급되는 소리의 유일한 선율적 적대감이다. 은밀한 배우지만 인격의 번역이 아니라는 점에서 우리의 귀가 은둔예술로 완결되기는 몹시 어려웠다. 무정함을 손질하기 위해 하늘에서는 전정가위가 내려왔다. 그들 모두는 단절을 평면에 되파는 사람을 오래 그리워하고 있었다.

누군가 나에게 진지하게 말했다. 나 아닌 다른 사람이 내 글을 썼다면 더 좋았을 거라고. 어떤 사람이? 내가 쓴 글을 쓰기에 정작 더 그럴 듯한 사람이. 그러니까 낮은 신분의 고기는 모든 것의 시이자 시의 모든 것이므로 어떤 구절도 썩지 않는다. 그에 따라 영원의 크기가 한 사람 이상인 자는 죽은 한 사람보다 이미 덜 죽은 자였다. "신의 크기를 알고 싶거든 골방에 들어가라." 그렇게 말한 수도사에겐 해가 져 있는 동안의 침실이 없었다. 그러나 모르는 것도 참으로 희구되어야 그럴 수 있다. 이파리들은 비로소 멍청해짐으로써 순도가 없는 영악한 상자 여는 법을 하나씩 실현한다.

　문인들은 모범적인 국적자들이어서 우호적이든 적대적이든 항상 자국의 정을 나눴다. 그러니까 그들의 저작은 설령 읽지 않은 것이라 해도 결별의 관점에서라면 이미 약탈되어 있었다. 특히 시인 모두는 율동에 대한 깊은 관심으로 타인의 걸음 전체가 자신의 체조가 되기에 전혀 부족하지 않았다. 아리스토텔레스의 나무에 목을 맨 그들 남녀에 비할 만큼은 아니지만 나의 체력도 조금씩 늘어가고 있다. 언술가들이란 오늘이 하나뿐이기를 바라는 새이자 동시에 밤이 악곡의 가장자리가 될 때까지 새는 날아오르지 않는다고 믿는 새잡이들이므로, 누가 먹든 이 고기는 안전하다.

　무독한 벌레 하나를 잘라놓으면 유독한 벌레 무한개가 찾아온다. 천사가 옮아온 매독 균 하나를 죽이면 신이 옮아온 문필가 무한개가 찾아온다. 유토피아에 대해 자연의 일부로는 자연에 개입하지 않겠다는 입장 때문에 유토피아들 간의 해수면이 조금은 황혼 가까이 높아졌는지도 모른다. 하지만 아름다운 것에겐 마찰력이 있고 그것에 대한 사랑 역시 닳는다. 그런 표면은 인간에게 신겨 걷게 할 수 있는 게 아니다. 켤레는 끝이 처음과 붙고 나서야 좀 더 장난감다워졌다. 그 나무에 젊은 남녀가 목을 맸다.

나 역시 아르카디아에서 쓸모없음을 줍다

꿈꾸던 요벨의 해에

회문시回文詩로 의인화된 지저地底 동물이 꼬부라져 나와 있었다.

개 껍데기 양탄자를 타고 수양아버지여 살붙이 나팔을 불어다오.

돌을 깨자 혹은 시간이어야 했던 사람의 자문자답이 무늬를 대신했다.

조형가가 되어 집에 돌아갈 수 있게 되었으니 나는 더 많은 일그러짐을 선물 받으리라.

태양이란 언제나 창틀로 으깨 뭉개진 것이 가장 좋다고 말한 사람은

죽어 빛으로 미화美化되어 있었다.

「오지 않은 것은 맞이할 수 없고, 외로운 사람을 다 팔지 않으면 바람도

방향이 비워지지 않는다.」 고대 만월滿月 속담에 기대어

이웃은 어두워지면 떠날 누구에게도 먹을거리를 꾸어 주지 않았다.

석양에는 귀신에게 팔려갈 방울이 많이 달려 있으니까
죽어 괴이怪異가 빠져나간 몸으로 대지도 이처럼 헛된
냉대를 견뎌야 했다.
「의롭고 성난 군대의 창에 꿴 악마의 눈도 제단에 모인
신들처럼 어둠이 시들어버린다오.」 예쁜 주름의 해에
종교로 의인화된 땅 밑 동물에겐 고루고루 소금이 발라
져 있었다.

나 역시 아르카디아에서 쓸모없음을 줍다

부패조腐敗槽는 모기장처럼 구멍을 망가뜨리며 살을 위
협했다.
인간은 아니지만 다만 인간의 흉내였던 눈부심에 남은
인격을 다 섞고
남녀 동체同體의 창조신은 여자 쪽 밑이 뜯겨 있었다.
생각하는 새를 먹었기 때문에 나는 이제 많은 빛깔의
과일을 외우고

신의 도둑질을 망보는 사람이 되었다.

날개를 얻으려면 어깨가 등 뒤로 여러 겹 얇게 접혀야
하고
천사가 되려면 허공의 투명이 변질되어야 한다.
이 값싼 보형물은 오로지 날마다 작가를 파는 상인商人
인 채로 견뎠다.
글을 아는 신은 차가운 방향타의 뱃머리에서 미성년으
로 불어와 나를 슬프게 했다.
나 역시 아르카디아에서 쓸모없음을 주웠다.

도원향桃源鄕

음악은 그 자체가 완결된 즐거움이라는 것과 그러므로
그 음악은 기다릴 수 없지 않겠느냐는 것이 낭송자에게
서 나온 말이었다. 초상학적으로 그들은 다정한 깃털이었
다. 대개 시인들은 흥을 붙여 말하는지라 애석은 사실과

함께해서는 물에 이끌린 그늘이 되고, 현명은 미美와 함께 해서는 물 그늘의 품계가 되었다. 그들의 시는 특별히 여성을 나타내는 무기로 간주되어 아직은 남성의 은유 상태로 남아 있는 대천사를 거세하고 있었다. 그러나 이미 범하기 쉬운 것을 위한 기평譏評이 또한 무슨 결박일 수 있겠는가? 반취半醉적 일생은 객인의 미각이 주인이 쟁반을 두 손으로 받쳐 든 것과 같은 그러한 완결을 할 필요가 있다고 생각하지는 않았다. 운율의 빛을 가진 광물이 발아래 파묻혀 있어 우리를 춤추게 하여도 그것이 시의 배신이 아니라면 이 몸짓이 신의 엔진에 부어진 연료로 타오르는 편재론遍在論 모두의 음욕淫慾과 무엇이 다르랴.

나 역시 아르카디아에서 쓸모없음을 줍다

작은 흡혈 무리도 망연자실의 피를 마시는 여름밤에
허약한 종種이 주워 장신구 삼은 부끄러움의 조각은
값이 너무 자주 바뀌는 바람에 약을 끼웠을 기회조차

잃었다.

어느 방향에서도 고아이지 않았던 나 역시 아르카디아에서 쓸모없음을 주웠다.

굳어서는 곤란한 아교 혹은 분糞처럼

여름 첫 제자들은 무르고 신비로운 응시를 가지게 되었다.

뱀과 여자가 짜낸 과즙 안엔 유익한 사람들이 떠다녔지만

도덕으로는 이해할 수 없는 채로였다.

「투명이 없으면 그 자리에 채색을 줄 것이나

자리를 골라 비추는 투명은 채색의 어디에도 없으리.」

나는 그 말에 나의 사숙私淑 전부를 걸었다.

간략하게 접어놓은 감정선도 조금은 다감하게 뭉친 벙어리장갑 같아질 것이다.

가만히 들려오거니, 우선적으로 회피되어야 할 시에서의 멀쩡함 혹은 작가의 물방개적 고독이

만조와 간조 아닌 것을 토했다. 이 미천한 육식성이 시와 신의 결연 전반에 걸쳐 다행히 지켜진 것은

물 밖의 세상이 물 안에 되비쳐진 자신에 의해 가장 훌륭하게 벌거벗겨졌기 때문이었다.

나 역시 아르카디아에서 산문의 남자가 운문의 매춘부에게 걸었던 육체적 기대를 대신해

쾌락의 신이 암소로 변해 목동 청년에게 범해지는 것을 기쁘게 지켜본다.

귀수鬼祟 병동의 느린 동물들

마개 밑에 작게 엉킨
거수巨獸 복음 4장을 거품 삼아
아가씨가 자학의 밭에 머문다.

쇠를 허약하게 삭히던 일꾼인 먼 곳도
셰익스피어를 읽던 사람처럼 배역이 찌그러져 있었다.
폐하의 동식물이 치솟는 그 나라는
치정癡情을 따라 사라지는 겨울 보리 같고

그러나 잘 젖은 비참만은 반신상처럼 잔잔하리라. 꽃피
기를 포기한 시점에서
  동생도 아버지만큼 나를 죽이고 싶어 했다. 우아한 시
듦을 하자, 여동생이여. 아니면

  차가운 사람의 무릎에 떨어지기 위해 열기구의 끈을 놓
자꾸나, 피리 자루 속의 피리 신이여.
  날도록 던진 것은 여러 번 평균을 잃기 때문에 신성하
고 방탕한 물체임이 틀림없었다.

그 물체가 성좌집음기星座集音機라는 새로운 발명품을
전해주었다.

집음기는 귀와 닮은 것엔 전능했지만

귀를 본뜨기 위해 부은 액체로는 퍽 불능했다.

죽은 병사의 가방을 뒤져 꺼낸 떡잎 모양의 기념품은
잠시만 위대했다.

동물은 그들에 대해 선두先頭를 지켜나갔다.

실은 다음 계절엔 자기들에게 떨어진 것보다 더

이웃의 벼락이 길어지고 깊어질 것을 질투하면서.

다만 꼭 아가씨 같던 포플러 밑의 사나이들은

추위의 끝이 너무 얇게 다듬겨 있었다.

나는 그이들에게 수충水蟲을 뿌리며 외로운 보균자가
할 수 있는 최선의 감염을 다했다.

기둥의 어떤 높이에라도 데려다줄 것처럼 모든 유類의
우뢰를 모으며

사나이들의 오목한 부분엔 아가씨들이 자라 있었다.

겨울 화택火宅은 너무 못 쓴 유서

만큼의 사정은 가지고 있지 않았다.

버림받지 않으려는 외로운 꾀도

모양이 부풀어 모두의 떡보다 넓적했다.

흑발의 개와 함께 4장 3절 인간의 수면水面 장章을 독송

한다.

'아아 세계의 아래쪽을 신이 가져가버렸다, 우리가 자

연의 절반을 위쪽에 바친 대가로.'

어느덧 거구가 된 기쁨.

인간 아님을 살피는 기쁨.

시는 잘 베푼 것을 그만큼 얻는 사람으로 묘사했으니

그렇지 않은 것은 깜부기처럼 구르며 속량해야 한다.

아가씨들은 이곳저곳 이상한 점으로 피어 속죄했다.

그러한 음식은 이루어지는 것과 반대되는 정신으로 빚

어져 있었다.

벼락이 길어지고 깊어질 것을 질투하면서

노래엔 우두머리의 성질이 왔다, 바람의 종류를 많이
익힌 패전 병사들에겐 아니겠지만

불량한 이웃인 우리에게로 선량한 이웃의 지랄병이 도
진다.

아아 세계의 아래쪽을 신이 가져가버렸다, 우리가 자연
의 절반을 위쪽에 바친 대가로.

초원의 공포

1

잠들기 직전 초보 시인은 좋은 가부장의 시에 파묻혀 있었다.

직업으로서의 첫 감정 상태는 고작 코와 유사한 것을 만드는 데 성공했을 뿐이지만

취미로서는 사나이에 성공했고 큰 활자의 매춘부가 달려 있었다.

이 세계에서 아직 다른 쪽 남자의 크기는 정해지지 않았지만 원한다면

두께에 실패한 동굴 속의 빛에게도 친절을 끼워 넣을 수 있으리라.

왼발이 남긴 모래엔 오른발이 담긴 물 자국이 패여 있었다.

이족보행과 보행실조步行失調를 반복하는 나날

「예술은 전체가 아니라 각 조각에서 더 유한하고 더 나빠질 수 있는 비자연적 분류 아래의 순수한 정신」

작고 어리석은 모자 가득 이 따위 목신의 가루를 다져 넣는 나는

영세생활인이 가난으로 회복하지 않으면 안 되는 그런 무성함을 비방한다.

왜냐하면 음욕淫慾을 도우러 왔다는 것, 그것을 하지 않기 때문에

아무것도 안 하는 자는 선한 자를 반복하고

사지 멀쩡 같은 일이 시에서 벌어진다.

고무나 플라스틱 같은 것을 가만히 씹고 있으면

각 나라에서 보내온 단맛의 역사에게도 조그만 위협이 베풀어졌다.

신일 뿐 그 사생활까지 신은 아닌 작업장마다 시는

스스로를 광합성 하도록 둬도 좋은 물건으로 만들었다.

그러나 나는 거지가 아니어서 교수자絞首者를 걸어두기 위한 나무를 빌어 오진 않는다.

그런 숲은 숲을 벌채하는 도구가 되어 곡조를 떼어둔 무용한 발현악기일 뿐이므로

2

「고요는 생장점이다. 멈춤은 극복처럼 온다.」이 시가 몰후歿後를 찾아다니는 청소부 벌레가 아니라면 세계 전체를 죽은 자 하나에 담는 일과 문학의 고별 능력이 동시적일 수 없다는 것은 이해될 수 없다. 향일성의 노력 위로 초록이 지나가는 식생활이 옛 시의 식탁이었다 하더라도, 오늘 손에 잡힌 한 줌의 색은 암말의 오줌에 고인 노을에 불과하다.

3

오늘 죽기를 결심한 자는 관자놀이 부근에 강을 만들고 그곳을 그리워하여라.

묘음조妙音鳥의 울음에는 채굴과 광업을 위한 자리가 몇 칸 비어 있었다,

특히 명복의 능력이 결여된 지하 육체노동의 부위가.

자기가 알지 못한 것을 생명으로 누리는 개체와 자기를
알지 못하는 생명을 누리는 개체 간의 문자적 차이 외에
고인에겐 별다른 내용이 없었다.
고인의 영정은 점차 초식동물로 변해갔고 포식자 곁의
사람들은 초원의 공포를 느꼈다,
식물은 절대로 더럽혀지지 않다는 절대적 공포를.

허공엔 큰 활자의 매춘부가 달려 있었다. 천장은 모든
부위를 통틀어 유두의 능력이 도드라져 있었다.
밤하늘의 광해光害가 시인을 욕심쟁이로 만들기 때문에
새가 사람에게 붙잡힌다.
그러나 올빼미 안에서만 조금씩 집을 엮는 21세기 식물
원 처녀들은 어떤 유혹에도 넘어가지 않을 것이다,
식물원의 모든 기후가 그들로부터 진보를 시작했으니까
신이여 장애물이 아니라 인간이기를 결심한 애매한 사
랑에게로
거인병巨人病 여자의 염색체가 엎질러지고 있습니다.

만찬 중 떠올린 의무
—시인들, 그대들 모두를 적대시하며

두려움은 그것이 무엇인지 모를 때 비로소 지능이 되었다. 두꺼비는 처음에는 다람쥐를 물고 있었다. 그러다 몸에 여러 개의 손발이 달린 후로 점점 눈치를 보게 되었다. 창가 선반에 올라가 내 머리 위로 떨어뜨릴 예리한 도구를 쥐고 기다리는 걸 내가 알아차리지 못했다면 그는 그저 험악한 생김새의 작고 무해한 생물이었을 것이다.

깨진 게의 등에 손가락을 넣어 후볐다;
절박한 것이 훌륭하지 않을 리 없었다.
시적 위대함으로 채워진, 궁핍의 의무가 떠올랐다;
읽을 수 있어선 안 되는 것을 아직 증오하고 있다고 말해도
울어버린 것들 사이엔 의미가 달라붙는 성질이 생겨 있었다.
곤충잡이여, 길게 자란 황혼의 더듬이를 베어라;
불안이 안도보다 빨리 상한다는 걸 그러나 베인 자는

알지 못한다.

  그런 날 시인의 삶은 플라톤의 티마이오스 시기를 닮았
다: 우선은 같은 것과 다른 것을 가지고 형태를 완성해간
다. 그런 후의 실재는 감정이 변한 모습이 된다. 그리하여
미쳐야 할 사람은 골방에서 사색하고 이미 미친 사람은
정원에서 관찰한다. 그것은 없는 것에 대해 사념해야 하
는 사람과 있는 것에 대한 사념을 없애야 하는 사람의 동
등한 숙명이었다.

  하지만 그것은 수치이지 자랑일 수 없다. 자기 숭고의
꼭대기까지 기어올라간 거대 벌레 기질의 문필가—서적
판매상의 혼혈인이 그러한 것처럼, 쓰는 것에겐 말하는
것의 불멸이 작가 살해에 실패하는 두꺼비 상태로밖에 이
해되질 않을 것이다.

  아아 그리하여 가난 유괴범 황혼 유괴범이여, 닭을 주
랴 개를 주랴 아니면 뱃속에 담긴 아기를 주랴?

인간이 식물에게 흘러들어가는 소리는 아름답지만 그
건 잡귀에게나 해당하는 걸 아는 테마가 목동의 별을 뒤
따른다.

만찬 참여 시인들이 초원의 입방정을 나누는 시기에
목축술을 변증술사의 원예술園藝術이게 하는 시기에
균을 나누는 대학질瘧疾 시기에

살아 있는 것에 깐 알처럼 어린아이의 귀는 남모르게
자라는구나.
그러나 자연이란 돌아서서 생명의 모든 것을 조각내는
칼 도마와 다르지 않구나.

─안에 뭔가 기생하는 여자를 본 적이 있다.
그녀의 원충原蟲은 사람을 먹은 힘으로 숲을 가로지르고
완치자인 신과 충돌하기 위해
술을 채운 장난감 모양을 하고
연료를 다한 무덤 위로

오 추모의 빛이 내린다.

친밀성과 밑바닥

긴 장설壯雪에 개고깃집이 파묻힌다.

나는 길들인 감자를 먹고 애호가의 취미를 했다.

덜 많은 품꾼을 거느리지만 더 많은 연주회장을 가진
이 꿈은 감성교육자의 재능으로부터는 닫혀져 있다.

몸엔 입구가 좁은 항아리가 달렸는데, 그것은 신의 알
몸을 비췄다는 죄로 말미암아 뱀으로 변하도록 명령받은
빛이 기어 들어와 살게 된 곳이었다. 그러한 물품은 깨어
짐을 질투하는 동물, 시를 읽기 위해서 시를 상기하는 동
물의 죄에 비유될 수 있다. ─그런 얘기를 들으면 나는 오
랜 땅 밑 생활을 끝내고 지상으로 올라온 지렁이 끝에 묻
은 현기증처럼 행복해진다.

눈은 흙 한 줌 브라흐미처럼 쓰여지고

음도淫度가 없는 길

구름의 단段으로 인형 발을 깎고
　개고깃집에 기대어 묻는다.

　소년이여, 겨울학기엔 어머니 곁으로 가야 하기에 죽을
시기를 정했다고 여긴 해변을 걷는 나를 원래와 조금도
다르지 않게 위작해야 한다.

　소년이여, 내게도 눈[雪]이 "나는 하늘의 두통이다"라는
목소리로 나타났다. 신도 간이 쪼여진 쪽의 하늘이다.
"승리 찬가와 패배 찬가 사이, 음악에 적합한 육체는 음악
의 이념에 봉사하기 위한 것이 아니라 이념이 아니어선
안될 고통에 봉사한 것"이고, 거기엔 언제나 양동이를 향
하도록 젖은 내가 세워져 있었다.

　독물의 맛 오늘의 폭설은
　모래 깔린 여울을 밟고
　티 없는 죄수로 선다.

너무 많이 먹어서 생기는 병 탓에 다른 사람보다 여러 시간 더 타오른 후 화장 단지에 담긴 장녀의 몇 번째인가 남자처럼

　시는 타오르고 식는다.

　그 비루란 이루 말할 수 없지만

　걸음마다 깊게 미망인을 만들던 계절이

　시보다 경외전經外典을 더 많이 간직한다는 것은 내게는 분명한 위안이었다.

　깊어가는 눈이다.

　밤의 내용이 새끼 낳는 구멍에서 오는 걸 한탄한다.

　개고깃집이 파묻힌다.

심사평

슬픈 사랑 시로 쓴
아방가르드 시론

　이번 본심은 최근 한국시의 창공을 수놓은 열 개의 별을 집중 탐사하는 자리였다. 예심을 통과한 작품들을 살펴보며 심사위원들은 두 가지 특징에 동의할 수 있었다. 첫째, 1970~1980년대 출생한 비교적 젊은 시인들의 약진이 두드러진 한 해였다. 김현(1980년생), 김상혁(1979년생), 김안(1977년생), 이근화(1976년생), 신용목(1974년생), 이영주(1974년생), 이제니(1972년생) 시인이 어느새 한국시의 중추적인 허리 세대로 성장했음을 체감할 수 있었다. 이들은 더 이상 혜성이 아니었다. 한국 현대시의 별자리에서 자신의 위상을 확보한 항성임을 확인할 수 있었다. 둘째, 10인 10색. 별들은 제각각 고유의 개성 있는 빛깔로 빛났다. 일상의 정치성, 개인과 공동체의 윤리성, 미학적 실험성, 감각적 서정성, 언어에 대한 반성적 성찰, 젠더와 여성성 등과 같은 다양한 주제들이 저마다 독특한 시적 형식에 담겨 풍요로운 의미망을 방사하는 작금의 한국시의 밤하늘은 다채롭고 근사했다.

오랜 응시 끝에 심사위원들의 눈길은 성좌의 전위에서 독보적인 아우라를 분무噴霧하는 '박상순'이란 이름의 항성에 모아졌다. 이 별의 광원은 고독, 실험, 자유였다. 몰이해의 외로움을 견디며 기성의 예술 관념과 형식으로부터 자유롭게 탈주해온 그의 시는 늘 한국시의 첨단이었다. 그의 시적 상상력은 낯설지만 항상 매혹적인 '새것'이었다. 이런 새로움은, 그가 한국시의 '미래의 외계外界'에서 한국시의 '지금 여기'로 조금 일찍 도착한 시인이었기에 가능한 것이었다. 박상순 시세계의 특징이 집약된 「무궁무진한 떨림, 무궁무진한 포옹」을 당선작으로 결정하는 데에는 큰 이견이 없었다. 어쩌면 이번 미당문학상 본심의 최종 선택은 박상순이란 '이상한' 별에 대한 한국 시단의 뒤늦은 환대의 인사일지 모른다.

언어의 음악성과 회화성이 절묘하게 부각된 수상작 「무궁무진한 떨림, 무궁무진한 포옹」은, 사랑에 빠진 이의 두근거리는 심장박동을 단순한 일상어의 반복을 통해 리듬감 있게 구현하면서, 에로스적 욕망의 환희와 타나토스적 죽음의 비참을 복작거리는 이미지의 연쇄로 가시화하는

데 성공한다. 간절히 고대하던 섹스를 허락한다는 애인의 목소리는 한 남자의 갈망을 '무한히' 자극하고 그의 욕망을 '무한대로' 확장한다. 말하자면 그의 설레는 심장의 맥동脈動은 끝이 없고 다함이 없다. 여기서 흥미로운 대목은, 이러한 흥분된 심적 상태가 고상한 비유나 아름다운 시어를 통해 암시되기보다는 "무궁무진한"이란 가장 통속적이고 직설적인 형용사의 반복을 통해 음성적으로 표현된다는 점이다. 한편 3연에서는 남자의 몰락 과정이 마치 랩과 같이 교차 반복되는 각운 "~지고"와 "~시고"의 비트에 실려 점층적으로 고조된다.

또한 황홀한 사랑의 환상을 극대화하기 위해 상응하는 이미지 쌍이 정교하게 중첩되어 배열된 것도 인상적이다. 사랑이 움트는 전형적인 계절과 시간인 '봄밤', 미세하게 떨리는 감정과 주체할 수 없이 울렁이는 감정을 알레고리적으로 형상화한 '고양이의 사뿐한 스텝과 개구리 울음소리', 낭만적 사랑의 자연 배경으로 맞춤한 '노을진 바닷가', '달빛'을 닮은 애인의 '눈빛', '파도'처럼 물결치며 다가오는 애인의 몸짓과 이를 간절히 기다리는 남자의 떨리는 '입술', 그리고 이 모든 사랑의 환희가 간결직절하게 요약된 "무궁무진한 떨림"과 "무궁무진한 포옹". 2연의 마지막 시구를 통해 박상순 시인은 독자에게 이런 말을 건네는 것 같다. "만일 네가 네시에 온다면 나는 세시부터 행복해질 거야. 네시가 가까워질수록 나는 점점 더 행복해지겠지. 마침내 네시가 되면 가슴이 두근거리고 안절부절못하게 될 거야"라는 생텍쥐페리의 '어린왕자'의 말처럼, 당신은 살면서 사랑의 기쁨에 미치도록 가슴 뛰어본 경험이 있습니까? 일과 생계에 매몰된 당신의 심장은 혹시 돌처럼 딱딱하게 굳어버린 건 아닌가요?

반복의 미학과 함께 반전의 미학도 돋보인다. 3연에서 과장된 수사로 점철된 사랑의 찬가는 예기치 않은 사건의 연속으로 돌연 몰락의 비가로 급전환된다. 애인과 전화 통화를 한 바로 다음 날 저녁부터 아무런 예고 없이 동화에나 나올 법한 불가항력적이고 황당무계한 사건들이 연속적으로 발생한다. 갑자기 남자가 살던 집이 붕괴되고(천재지변), 할머니가 쓰러지자 매장된 할아버지가 부활하고(생사의 전환), 아버지는 오징어로, 어머니는 포도밭으로, 남자의 구두는 바위로 둔갑한다(변신의 서사). 이후 남자의 육신은 부러지고 무너져 결국 심장이 멈춘다. "그녀의 무궁무진한 목소리를 가슴에 품고, 그는 죽고 말았다." 이렇게 가혹하게 '탈낭만화'된 러브스토리 끝에 남는 것은, 결코 충족될 수 없는 욕망이 낳은 한줌의 비애다. 이 허망한 결말을 통해 박상순 시인은 독자에게 이런 질문을 던지는 것 같다. 당신이 꿈꾸는 사랑의 판타지는 현실에서 구현될 수 있을까요? 결핍된 욕망은 충족될 수 있는 것일까요? 남발되는 화려한 사랑의 수사修辭는 오히려 소외된 단독자의 내면의 절규가 아닐까요?

이 시의 압권은 3연의 마지막 2행에 숨은 또 다른 반전에 있다. 시인을 대변하는 시적 화자가 갑자기 등장해, 자신이 지금까지 창작한 러브스토리에 대해 회의懷疑하며 수정 가능성을 암중모색하지만, 사랑을 잃은 자의 허물어진 영혼처럼 완성될 수 없는 시 앞에 속절없다. "월요일의 그녀 또한 차라리 없었다고 써야 할까"라는 고민에서 잘 드러나듯이, 시인은 월요일에 그녀가 남자에게 전화를 걸지 않은 상황으로 시를 개작하면 남자의 몰락도 없었을 것이라고 생각해본다. 하지만 시인은 곧 시작詩作에는 정도正道가 없다는 진리를 새삼 자각한다. 아무리 고쳐 쓰고 다시 쓴다 한들, 시는 결코 완성될 수 없다는 엄연한 사실 앞에 절망하는 것이다. 박상순 시인의 고백처럼 "하나의 작품은 발단이나 연유나 종결의 의미를 넘어서는 곳에 있"기 때문이다. 이렇게 전망부재의 심연에 빠진 시인은 자신의 심적 상태를 이렇게 토로한다. "그 무궁무진한 절망, 그 무궁무진한 안개".

그러나 다시 시인의 심장은 미지를 향한 자기갱신의 열정으로 약동한다. 절망의 심연에서 애인과 격렬히 포옹하듯 새로운 시상을 품고 부르르 전율하는 것이다. "무궁무진한 떨림, 무궁무진한 포옹". 요컨대 이 작품은 슬픈 사랑 시로 쓴 아방가르드 시론이다. 시인은 마지막 시구를 통해 자신에게 이런 다짐을 하는 것 같다. 누군가를 전력을 다해 사랑하는 그 무궁무진한 떨림의 긴장을 견지하며 시를 쓰겠습니다. 아무리 써도 시가 쓰이지 않을 때, 비유하자면 사랑을 잃은 자의 죽음과 같은 슬픔과 우울 속에서도, 시를 꼭 품어 안겠습니다. 어떠한 규칙도, 어떠한 경계도, 금기도, 전통도 새로운 시를 향한 저의 열망은 짓누를 수 없을 것입니다.

박상순 시는 생각보다 난해하지 않다. 읽다보면 무릎을 치는 반전의 재미도 쏠쏠하다. 시인의 참신한 발상이 언어의 경쾌한 탄력을 받아 기민하게 전개되면서 독자를 어딘가 낯설지만 매혹적인 신세계로 이끌고 간다. 박상순 시에 잉태된 '무한한' 이야기가 독자를 '무진장' 설레게 한다. 수상을 진심으로 축하한다.

심사위원
김기택·류신·이광호·최승호·최정례(대표집필 류신)

제17회
미당문학상
수상작품집

무궁무진한 떨림,
무궁무진한 포옹

초판 1쇄 인쇄 2018년 1월 15일
초판 1쇄 발행 2018년 1월 22일

지은이 박상순, 김상혁, 김안, 김현, 신용목, 이근화, 이민하, 이영주, 이제니, 조연호
펴낸이 김선식

경영총괄 김은영
책임편집 김정현 **디자인** 유미란 **책임마케터** 이보민, 기명리
콘텐츠개발2팀장 김현정 **콘텐츠개발2팀** 김정현, 유미란, 박보미, 민현주
마케팅본부 이주화, 정명찬, 이보민, 최혜령, 김선욱, 이승민, 이수인, 김은지, 배시영, 유미정, 기명리
전략기획팀 김상윤
저작권팀 최하나, 이수민
경영관리팀 허대우, 권송이, 윤이경, 임해랑, 김재경, 한유현

펴낸곳 다산북스 **출판등록** 2005년 12월 23일 제313-2005-00277호
주소 경기도 파주시 회동길 357 2, 3층
대표전화 02-702-1724 **팩스** 02-703-2219 **이메일** dasanbooks@dasanbooks.com
홈페이지 www.dasanbooks.com **블로그** blog.naver.com/dasan_books
종이 한솔피앤에스 **인쇄** 민언프린텍 **제본** 정문바인텍 **후가공** 평창P&G

ISBN 979-11-306-1562-2 (03810)

• 책값은 뒤표지에 있습니다.
• 파본은 구입하신 서점에서 교환해드립니다.
• 이 책은 저작권법에 의하여 보호를 받는 저작물이므로 무단 전재와 복제를 금합니다.
• 이 도서의 국립중앙도서관 출판시도서목록(CIP)은 서지정보유통지원시스템 홈페이지(http://seoji.nl.go.kr)와
  국가자료공동목록시스템(http://www.nl.go.kr/kolisnet)에서 이용하실 수 있습니다.
  (CIP제어번호 : CIP2018001333)